LEO
CHACRA

ATRIZES

Copyright © 2024
by Leo Chacra

Coordenação Editorial: **Ofício das Palavras**
Revisão: **Ofício das Palavras**
Projeto Gráfico, Capa, Diagramação: **Tatiane Lima**

Direitos desta edição reservados à
Ofício das Palavras editora e estúdio literário

12241- 000 São José dos Campos, SP
Telefones:(12) 99715-1888 / (11) 99976-2692
contato@oficiodaspalavras.com.br
www.oficiodaspalavras.com.br
@oficio_das_palavras
@oficiodaspalavras

Printed in Brazil/Impresso no Brasil

Dados Internacionais de Catalogação na Publicação (CIP)
(eDOC BRASIL, Belo Horizonte/MG)

C431a
Chacra, Leo.
Atrizes / Leo Chacra. – São José dos Campos, SP: Ofício das Palavras, 2024.
129 p. : 16 x 23 cm

ISBN 978-65-5201-031-5

1. Ficção brasileira. 2. Literatura brasileira – Contos. I. Título.
CDD B869.3

SUMÁRIO

7 A Mulher do Hamlet

Atrizes **33**

55 Atriz aos Cinquenta

A Grande Chance **67**

77 Ela, a Garota da Porta ao LADO

O filme **83**

103 A Montagem

A MULHER DO HAMLET

1

Sua pele branca ficava arrepiada no inverno paulistano. Usava um maiô preto com estampas coloridas. Nadar fazia bem. Tirava o estresse e a fazia se sentir mais bem-humorada.

Bárbara nunca havia sido campeã, mas em compensação seu estilo era perfeito. Ela deslizava com uma beleza sublime. Seu corpo provocava desejos e admirações nas pessoas que passavam pela piscina quando tirava o roupão e já de touca e óculos colocados pulava na água.

Ela não contava as piscinas, preferia usar outra grandeza física que não a distância, usava o tempo.

Em alguns dias, nadava quarenta minutos, em outros, nadava uma hora. E como não precisava se preocupar em contar, deixava a cabeça livre para pensamentos. Nesse dia, pensou na estreia do marido no teatro. Ela tinha certeza de que tudo daria certo com Dado.

Estavam casados há cinco anos. Ela vivia com dúvidas sobre a carreira. Ora achava que era atriz, ora que era figurinista. A verdade é que Bárbara tinha dúvidas se era realmente atriz, e se fosse, caso tivesse nascido atriz, seria boa?

Bárbara vivia numa insegurança e raiva com a carreira, se fosse boa, por que nunca teve reconhecimento? Já Dado sempre foi ator, desde os quinze anos, quando se profissionalizou, dizia que nunca teve outra vontade na vida a não ser a de ser ator.

Mas por que para ela tudo era tão difícil? Não atuar a deixava deprimida, mas atuar também fazia mal. Estava agora com um diretor que implicava com tudo que criava. Odiava aqueles ensaios, e ninguém sabia se um dia iriam estrear aquele Nelson Rodrigues.

Com Dado, tudo foi sempre perfeito. As peças tinham ótimas produções, e ele nunca teve uma crítica ruim.

Depois do treino se vestiu ali mesmo, no vestiário do clube, secou os cabelos, fez uma maquiagem e partiu para o teatro. Como não pegou trânsito foi uma das primeiras pessoas a chegar.

Mal conseguiu cumprimentar uma atriz conhecida e o fotógrafo perguntou se podia fotografá-la.

"Claro". Ela foi para a frente do poster da peça e Gabriel bateu várias fotos. Como sempre fazia disse seu nome para o fotógrafo anotar:

"Meu nome é Bárbara..."

"Mello". Completou Gabriel.

Antes que ela perguntasse de onde se conheciam, Gabriel já emendou:

"Te sigo no Instagram."

"Ah, sim, você deve ser um dos meus cinco seguidores." Riu nervosa. Gabriel disse que ela tinha mais seguidores do que ele, que tinha só quatro.

Bárbara parou por ali, o fotógrafo era bacana e foi educado. Ela deu um tchau e se afastou para falar com amigos que acabavam de entrar no hall do teatro.

Gabriel se afastou e foi fotografar uma mulher que ela não sabia quem era. Sua amiga, Luciana, que reparou que continuava a olhar para Gabriel, disse:

"Que gato esse fotógrafo! E você nem me apresentou."

"Ele só me fotografou porque sou mulher do protagonista da peça."

"Não foi por isso, eu ouvi quando ele disse que te segue no Instagram. Ele podia ter me fotografado, mas eu não sou ninguém."

Bárbara disse para a amiga não começar com aquilo e, embora fosse a mulher de Dado, o grande astro da noite, as duas estavam sempre inseguras e se escondendo.

Bárbara tinha a sensação de que ela, ali, não era considerada uma atriz, era apenas a mulher do Dado.

A apresentação foi um sucesso, casa cheia, a classe teatral toda apareceu naquela quarta-feira, dia que em geral ninguém, ou quase ninguém está em cartaz. E naquela quarta em especial também não teve nenhum jogo de futebol importante, logo todos os formadores de opinião de São Paulo, que gostam de teatro, estavam lá para ver a direção de Murilo Brito, de um texto contemporâneo inglês.

Um pequeno produtor amigo de Luciana, disse às duas enquanto tomavam espumantes.

"Eu sei que o Dado já era um dos grandes atores da geração dele, mas depois de hoje ele subiu ainda mais!"

Bárbara não deu muita atenção, aquele povo fala qualquer coisa, e por trás são todos falsos e venenosos, mas ela sabia que o cara estava sendo sincero, ela mesma havia se impressionado com Dado.

Todos se viraram e uma enorme roda se formou quando Dado apareceu apara receber os cumprimentos.

Ele era tão perfeito, até o modo como recebia os abraços e os beijos dos colegas era um espetáculo. Ela não conseguia chegar perto dele, foi ele quem se desvencilhou e veio na direção dela.

"Meu amor!" Ele disse e depois a abraçou. Agora ela estava no centro da roda e não sabia o que fazer. Conhecia as pessoas pelos nomes, mas duvidava de que eles a conhecessem ou ainda soubessem que ela estava ensaiando um maldito espetáculo alternativo.

Agora além de Luciana, sua outra amiga, Paula, também se aproximou, queriam ser vistas e fotografadas. Bárbara saiu e fingiu ir ao banheiro.

Do teatro, doze pessoas escolhidas, os vips, seguiram para um restaurante onde já eram esperados com uma mesa decorada. Flores e mais flores.

Ela se sentou ao lado do namorado do Murilo, o Marquinhos. A conversa não era boa nem ruim, Bárbara foi bebendo vinho. Todos falavam sem parar, houve vários brindes, mas ela cada vez mais se desligava.

2

Ali estava ela, encarando a piscina. No final, a noite tinha sido boa, suas amigas Luciana e Paula a invejavam. Pensando bem ela era feliz. Iria fazer o espetáculo de Nelson Rodrigues com aquele projeto do encenador, o André Sampaio.

Há mais de um mês estavam ensaiando três vezes por semana à noite, sem qualquer previsão de estreia ou temporada. André saía com as atrizes, namorou uma que tinha idade para ser filha dele e se achava um artista incompreendido.

Era nítido que ele dava em cima dela, apesar de saber que era casada com Dado.

Nadou uma hora e depois seguiu para o ensaio. André propunha laboratórios vocais e corporais e ela já estava ficando rouca de tentar fazer a voz que o diretor queria para a montagem.

Bárbara havia lido um crítico antigo dizer que Nelson Rodrigues não gostava que mexessem na obra dele, apenas deveriam montar o texto, sem ficar criando em cima ou tentando melhorá-lo.

Depois do ensaio, André perguntou se ela não queria sair para beber uma cerveja e conversar. Dado deveria estar no teatro se apresentando, então ela topou, não queria ficar sozinha em casa.

Já no bar foi bem direta com André:

"Por que afinal você me chamou para trabalhar?"

"Ué, porque achei que você tem tudo a ver com o espetáculo."

"Mas você nem nunca tinha me visto atuar, nem meu currículo e nem nada."

A sinceridade de André foi tamanha que Bárbara não se irritou. Ele disse que simplesmente era apaixonado por ela, desde a primeira vez que a viu.

De repente ela se lembrou que já fazia tempo que não transava com ninguém, também lembrou que André não era ninguém, e que ela poderia abandonar o projeto na hora que quisesse.

Acabaram indo para casa de André e transaram. Não foi um sexo ruim tampouco foi bom. Mas na volta para casa ela se sentiu aliviada, iria largar aquele projeto. E agora tinha um pretexto no qual ela acreditava, André nem iria ligar. Ele tinha conseguido o que queria.

Dado já estava em casa, de volta do teatro. Feliz. Aliás, estava sempre feliz.

No dia seguinte, a piscina encarando-a, enquanto colocava a touca, o dia não estava nem frio e nem quente, ia mandar uma mensagem para André dizendo que iria largar o projeto, quando viu fotos no seu Whatzapp. Eram fotos suas.

Quem tinha mandado era aquele fotógrafo da estreia, Gabriel. Eram fotos que nem havia percebido que ele tirara. Fotos lindas, ele havia capturado os conflitos dela naquela noite.

Depois, viu outra mensagem, era de Dado. Disse que tinha algo para conversar com ela depois do teatro e pedia para ela estar em casa quando ele chegasse.

Depois do treino foi tomar um café com Luciana. Perguntou se ela sabia algo sobre o Gabriel. Aquelas fotos a haviam deixada fascinada. Ela chegou a responder um "obrigada". Depois, ele disse que podia fazer fotos dela, profissionais. E não iria cobrar. Bárbara queria saber o que Luciana achava disso.

Não contou sobre a transa com André, era algo de que não se orgulhava, e a amiga já havia dito várias vezes que achava André bem fraco. Verdade que ela mesma não sentia nada por André.

À noite, Dado estava ainda mais feliz. Bárbara perguntou do que se tratava. E ouviu que ele e o diretor, Murilo Brito, tinham resolvido fazer mais um projeto. E Dado quando leu o texto viu ali um personagem para Bárbara e agora dava a notícia para ela. Depois de cinco anos de relacionamento, finalmente fariam sua primeira peça juntos.

    Aquilo realmente deixou Bárbara feliz. Apesar de saber que muita gente iria chamá-la de oportunista, diriam que ela só estava no elenco por causa do marido e tal. Dado deu a ela um texto impresso, Bárbara foi para o sofá e começou a ler, acabou dormindo antes de chegar ao fim.

O estúdio de fotografia ficava num prédio no centro, próximo ao Anhangabaú, muito frequentado por fotógrafos, o proprietário locava dezenas de estúdios.

Por ali, era normal ver modelos e todo tipo de pessoas relacionadas ao mundo da publicidade ou da moda.

Gabriel abriu a porta, Bárbara entrou com duas pequenas malas trazendo algumas opções de roupas e maquiagem. Ele ofereceu café e ela aceitou. Antes de começarem, enquanto ele mexia nas luzes e se dividia entre arrumar o cenário e beber o café, conversaram.

Contou que era de Curitiba e adorava fotografar atores e atrizes. Trabalhava com tudo, fotos sociais, estreias, festas, inaugurações e vernissages. Depois mostrou fotos de circos e peças de teatro que havia feito pelo Brasil.

Ela começou a se maquiar e ele fazendo perguntas. O que queria exatamente das fotos e disse que depois de fazer as fotos mais específicas para material de atriz, poderiam fazer fotos mais livres.

"Então vamos começar?" Ela mal havia se posicionado e ele já foi fotografando. Começou aproveitando luz natural da enorme janela. O lugar era grande e vazio, mas Gabriel montou cenários com cadeiras e almofadas que pareciam pequenos ambientes aconchegantes.

Terminadas as fotos mais limpas, partiram para personagens, primeiro fizeram uma mulher mais "hippie", mais campo, mais solta e zen. Usaram estampas e cor.

Depois uma mulher mais urbana, numa paleta de cores mais cinza, preta e marrom claro, quase creme. Cabelos presos, executiva, e depois uma versão mais sexy, urbana, saindo para balada.

Logo trocaram para uma surfista, ela tinha vários maiôs e Gabriel ficou surpreso com aquela pele branca e as pernas e bunda perfeitas.

Explicou que achava que ela deveria usar mais fotos de maiô, o que deixou Bárbara entre lisonjeada e envergonhada.

Ela estava adorando brincar de personagens, coisa que toda criança e toda atriz adoram. A trilha sonora era ótima, e, depois de uns quarenta minutos, ela se deu conta de que aquele era um dos dias mais felizes dos últimos tempos.

Aquela sessão de fotos era mais divertida do que ensaiar o Nelson Rodrigues com aquele elenco de zumbis e o André Sampaio, tendo de fazer vozes não naturais que a machucavam, que o diretor impunha. Ali não, ali ela estava criando e sendo dirigida de maneira tão sutil, suas caras e poses surgiam sem medo ou esforço.

Esgotados os tipos possíveis, duas horas depois, os dois estavam exaustos, mas felizes. Ele preparou mais um café e disse a ela que iria mexer nas fotos ainda, mas não iria mudar muito, estavam ótimas. Disse ainda que ela era boa de fotografar.

Depois de um tempo de conversa, Bárbara explicou que tanto ela como Dado, embora estivessem vivendo quase que exclusivamente de teatro e vez ou outra de publicidade, eram ambos de famílias ricas, e, por isso, tinham uma boa renda, moravam numa bela casa.

Bárbara se sentia muito à vontade com Gabriel, algo difícil de explicar, eles mal se conheciam. Mas aquelas brincadeiras nas fotos e o clima de cumplicidade entre modelo e fotógrafo deixavam-na alegre.

Ela também não tinha certeza se era o novo trabalho com Dado, as fotos ou isso tudo que a deixavam com a sensação de ser especial, de ser uma atriz profissional.

Depois ele se ofereceu para acompanhá-la até o carro. Despediram-se, e ele disse que assim que as fotos estivessem prontas, enviaria.

Ela fechou a porta do carro e foi para casa seguindo o GPS. Estava sorrindo. Naquele fim de tarde, quase começo de noite, estava feliz dirigindo por São Paulo.

Naquele dia, não poderia reclamar. Tinha uma vida ótima, tudo que queria, quase tudo que sonhara.

Já em casa quando viu as fotos, não pôde acreditar, amou-as. E Gabriel dissera que ela tinha contribuído para qualidade do trabalho.

Paula era uma atriz extremamente sensual, não tinha exatamente uma beleza significativa, seu rosto, isolado num retrato sem o corpo, não chamaria atenção, mas o conjunto impressionava, uma boca carnuda, curvas morenas e pernas grossas. Resolvera que iria fazer um monólogo, pegou um livro estrangeiro, de uma autora e adaptou. Para a direção chamou uma atriz também mulher e mais veterana. Seria a primeira vez que a atriz convidada iria dirigir uma peça.

O tema do livro não era exatamente feminista, aliás, nem o livro e nem projeto de Paula, mas ela ganhara um pequeno prêmio de um edital público, porque escreveu o projeto de um modo que parecesse ser urgente, de interesse público.

No fundo, nem Paula estava interessada no conteúdo do projeto, queria era estar em cena, no palco. E como o dinheiro não era muito, aproveitou para passar na casa de sua sempre amiga Bárbara, e convidá-la para fazer o figurino.

Bárbara ainda não chegara da natação, estava atrasada. Por isso, Dado ficou fazendo "sala" para Paula.

A atriz ficou fascinada com Dado. Era amiga de Bárbara porque tinham a Luciana, como amiga em comum. Era a primeira vez que conhecia o ator que tanto admirava. Afinal, Dado era o topo da profissão, a elite dos atores. E vez ou outra também fazia filmes e séries.

Era reconhecido na rua e reconhecido pela crítica. Na conversa ela se sentiu à vontade para contar a sua história.

Paula sempre sonhara em ser bailarina. Bem cedo, a mãe a colocou numa escola de balé clássico. E desde a primeira aula aquele passou a ser seu sonho. Desenhava bailarinas por todos os lados. E estava sempre dançando por onde passava.

Do clássico, já adolescente, cansada das apresentações onde só compareciam familiares e a bolha interessada, alunos, professores e amigos íntimos, começou a cogitar uma companhia de balé contemporâneo.

Afinal, todos falavam que ela tinha muita base. Se você sabe dançar o clássico, pode dançar o que quiser. Acontece que o mundo é bem mais complicado, Paula tinha ritmo, um corpo simétrico, mas nenhuma leveza e nem carisma.

Ficava na técnica, pouco criava ou se arriscava. Nitidamente, era uma profissional da dança, mas sua arte não agradava. Havia nela uma certa dificuldade em executar o clássico ou um exagero de sensualidade no contemporâneo que tornava os movimentos sempre cafonas, se é que fosse a palavra certa.

Dado entendia muito bem o que ela dizia. Grandes atrizes já foram bailarinas antes de serem atrizes, como Cacilda Becker ou Marilia Pera. A dança também dava uma ótima base para se movimentar no palco.

Quando Paula acabou o colégio foi estudar comunicação. Mas não parou de praticar a dança, frequentando uma academia duas vezes por semana.

Um dia fez um curso de teatro, e depois apresentou uma peça. Dali foram alguns curtas metragens, jogou-se no teatro alternativo e acabou fazendo algumas peças, sempre no equilíbrio do profissionalismo e amadorismo, como quase noventa por cento dos atores.

Dado era uma exceção, fazia peças profissionais e havia construído uma estrutura, enquanto estava em cartaz com uma peça já começava a ensaiar outra. Agora, ele ia fazer um novo espetáculo e Bárbara atuando junto dele. Ou seja, ele nunca parava, estava sempre em cena.

Dado se comoveu com a história de Paula, percebeu que por mais que ela quisesse, nunca seria uma artista completa, a dança sempre seria um sonho não realizado.

Lembrou-se de um amigo, Leo Chacra, com quem estudara na escola de teatro. Leo sempre sonhou em ser ator, e tinha muito talento, porém nenhuma vocação. Se sentia mal nos ensaios, não gostava de fazer o que o diretor mandava. E depois de várias frustações encontrou sua vocação, tornou-se escritor. E, sendo escritor, continuou a seguir uma vida incompleta, pela metade.

Já ele, Dado, nunca teve dúvidas, para não mentir quando pequeno aprendeu piano. Mas entre piano e atuar ele preferia atuar.

"Tenho certeza de que será um lindo monólogo."

Depois disso, como que num filme quando as coisas são combinadas, num intervalo em que nem Dado falava e nem Paula, ambos pensando nas chances que Deus dá para provarmos se somos ou não capazes de algo; no fundo todo artista sabe seu talento, inclusive os artistas que fazem sucesso de dia e à noite, sozinhos se lamentam de serem geniais e de existirem outros artistas sem sucesso algum e talvez mais talentosos do que eles.

Foi aí que Bárbara entrou, como num filme. Estava radiante, iria em breve começar a ensaiar uma peça. No fundo é só isso que uma atriz precisa. Palco.

"O trabalho do ator é arranjar trabalho."

Um músico ainda pode tocar sozinho em casa.

Um ator precisa do outro, da plateia.

Quando estamos sozinhos, somos os melhores atores do mundo.

O difícil é ser ator quando a câmera é ligada e mais difícil ainda é quando ele sobe ao palco.

Bárbara levou Paula para ver as roupas que ela havia pegado em lojas e brechós e ainda tinha as dela para mostrar. Bárbara adorava fazer figurino. Diferente de atuar, ela não tinha responsabilidade de ser boa, visto que era uma atriz-figurinista e não uma figurinista-atriz.

5

Ali estava ela, encarando a piscina, novamente. Resolveu treinar mais cedo e de lá seguiu para o primeiro ensaio. Não bastasse Dado dividir a cena com ela, também a grande atriz Maria Marta participava do espetáculo. Eram todos mais ou menos da mesma idade, trinta e cinco a quarenta anos, inclusive o diretor, Murilo.

Era um trabalho de mesa, chama-se assim porque as leituras geralmente são em volta de uma mesa, quando os atores e o diretor ficam lendo exaustivamente o texto de modo a entendê-lo e assimilar a história, familiarizando-se com os personagens.

Bárbara ficava de boca aberta com a facilidade com que Dado e Maria Marta liam aquelas palavras, faziam variações de intenções, sabiam para qual palavra dar preferência, e onde eram as entonações corretas, brincavam entre si e se divertiam.

Já ela não, Bárbara se perdia, não achava a fala, lia rápido demais, Murilo a mandava parar e recomeçar. Sim, ela tinha o tipo ideal para a personagem, mas era nítido o quanto era inferior aos outros dois, ou, para não usar uma palavra forte, o quanto era inexperiente, ou talvez ruim mesmo, perto deles.

Depois desse ensaio, ela no carro tentou saber o que o Dado havia achado. Ele disse que as coisas levavam tempo e que trabalho de mesa era para isso mesmo, ir descobrindo as coisas, para depois quando começassem a marcar aquilo no palco todos já soubessem o que fazer. Depois, disse que ela deveria ser mais segura e que estava tudo indo bem, não se preocupe, disse.

Mas à noite ela teve pesadelos. E acordou no meio da noite com vontade de largar tudo, só nadar e, de vez em quando, fazer figurinos.

No dia seguinte, Luciana disse que queria sair para beber. Não havia ensaio, já que Dado estava em cartaz só há três semanas. Bárbara marcou de se encontrar com Luciana e Paula num bar.

Bárbara se empolgou e contou que tinha tido uma ótima tarde com Gabriel. As amigas pediram para ela chamá-lo para beberem todos juntos. Bárbara mandou mensagem, e meia hora depois, lá estava Gabriel.

Bárbara pensou que jamais conseguiria fazer aquilo com Dado, beber com ele e suas amigas. Era como se Dado frequentasse amigos diferentes dos dela. Como se a turma dela fosse a do teatro alternativo, os eternos amadores, sem talento, será que era isso mesmo?

A sintonia dos quatro ali era tão grande que Luciana começou a falar da crise que estava tendo com o namorado, um também ator e diretor de teatro alternativo, que vez ou outra se metia a cantar numa banda de blues.

Luciana era da periferia, ou ainda, da fronteira da periferia com a classe média. Logo cedo foi "descoberta" por um cara que lhe deu um cartão e disse para ela ir à agência de modelos em que trabalhava.

Começou a fazer publicidade e a desfilar, já que era alta e magra. Luciana, diferente de Paula, tinha um rosto lindo, uma beleza verdadeira, mais do que apenas sensualidade de juventude. Fez cursos esporádicos de teatro e acabou conhecendo gente que a levou para o teatro alternativo. Dois anos atrás acabou sendo escalada, por causa da altura e do rosto de modelo, para uma peça de época de uma companhia tradicional de teatro.

Naquele momento, não sabiam se aquele tinha sido o auge de Luciana, ou se era só o começo. Mas tudo indicava que o convite fora apenas porque precisavam de alguém com as características dela, e a personagem tinha poucas falas. Passou a temporada toda sem ser notada em cena.

Só que sempre um ou outro rapaz batia o olho e ficava tentando se aproximar. Foi assim que ela conheceu Tatá, seu atual namorado. Da plateia para o altar. Exagero à parte não eram casados e ela estava de saco cheio de Tatá viver sem dinheiro.

Gabriel já muito íntimo de todas, confessou que achara Bárbara muito patricinha, mas agora, ao conhecer suas amigas, viu que estava errado. Bárbara não gostou de ouvir aquilo. Mas talvez ele tivesse razão.

Tudo na sua vida era estranho, ela se sentia uma pessoa militante, a verdade é que não suportava espetáculos e musicais comerciais. Detestava a ideia de estarem sempre pensando em algo que poderia ter público.

E viu que Gabriel também era alguém revoltado com as desigualdades sociais. Talvez, por isso, naquela mesa de quatro havia tanta irmandade.

Paula disse que agora Gabriel era da turma delas. E se ele brigasse com a namorada, não deveria se preocupar porque sempre cabe mais um Paris!

"Paris?"

Sim! O quarto de hóspedes da casa de Bárbara. Sempre à disposição das amigas desesperadas ou bêbadas.

"Eu não tenho namorada", disse Gabriel.

6

Naquela noite Bárbara não teve pesadelos com os ensaios. Nem os com André Sampaio, para quem ela havia finalmente mandado uma mensagem dizendo que faria outra peça e ele nem respondeu. Tampouco pesadelos com Dado, Murilo e Maria Marta.

No dia seguinte, a piscina lá, encarando-a. Ela mergulhou. Começou a pensar em Gabriel. Por que ele não saía da sua cabeça? Começou a se perguntar o que estava acontecendo, afinal? Amava Dado pelo homem que ele era ou pelo magnífico ator que era? E como é difícil dividir a cama com alguém que é tão melhor que você naquilo que se propôs a fazer da vida.

Dado chegou do teatro, não estava tão feliz como de costume. Ela perguntou se deu público, ele disse que sim, que estavam lotados em todas as sessões nas próximas duas semanas.

O que era então?

"Você não gostaria de ter um filho comigo?"

Bárbara adiou a conversa, mas começaram a se beijar e transaram aquela noite. Dado ficava fascinado pela bunda de Bárbara, seu corpo tão bonito e atlético. Seu cheiro. Bárbara o enchia de paz. Com ela por perto podia concentrar sua energia em apenas atuar e atuar bem.

"Talvez eu ande com depressão", disse.

"Mas por quê?" e quis saber.

Não tinha um motivo. No dia seguinte o ensaio foi ótimo, ela sentiu que Dado estava frágil, talvez estivesse com depressão mesmo e Maria Marta também não estava nos seus melhores dias. Nesse ensaio, Murilo a elogiou.

Bárbara começou a alimentar uma paranoia de que aquilo tudo fora uma estratégia dos três para ela se sentir mais capaz e menos insegura.

O artista só cria quando está angustiado, dizem alguns, e Bárbara no outro ensaio ainda, achou um tom.

Um gesto que fez sem querer com a mão e uma palavra encaixada, e ela descobriu ali sua personagem. Achou seu papel naquele dia. As coisas começavam a fazer sentido, as luzes na sua cabeça brilhavam, mas Murilo não gostou. Disse para ela largar aquilo. Estava falso, ele disse.

E na piscina ela nadava, nadava, nadava e estava agora ainda mais angustiada.

Ela ensaiava, falava suas falas, mas sentia que não existia um personagem ali. Era tudo no automático, sentia-se a Bárbara em cena.

Tentou conversar com Dado, mas ele disse que é bom se sentir você mesmo em cena, é só dizer o texto que a plateia vai ver a personagem. Não atuar em excesso também é uma arte e a boa atriz deve saber fazer menos. Ser econômica na atuação e deixar de atuar no bom sentido para, com isso, trazer a verdade para cena.

"Chega! Não estou aguentando! Acho que não foi boa ideia você ter me chamado". Disse ela.

Dado não quis discutir apenas foi para o quarto e abriu um livro.

Bárbara saiu e dessa vez não foi nadar no clube. Saiu sem rumo. Parou o carro e mandou uma mensagem para Gabriel.

Gabriel disse que estava trabalhando. Não podia encontrá-la. Talvez fosse verdade, talvez não. Como saber? O fato é que aquela insegurança estava afetando sua vida.

Será que era melhor voltar a tomar remédios que teoricamente a acalmavam, mas que tiravam sua libido, e ela queria libido para fazer a peça. Decidiu ir ao shopping, entrou numa livraria. Viu vários livros e depois tomou um café. Passou a refletir que a vida de um profissional em uma área deveria ser fácil ou simples. Mas por que ela era tão insegura?

Será que havia decidido seguir na carreira errada? E a coisa de ser figurinista, era fácil por ser uma segunda atividade, na qual podia relaxar, uma segunda profissão, quase um hobby, como dizem.

Começou a ver as vitrines. E se ela largasse a vontade de ser atriz e se tornasse uma estilista, abrisse uma loja, quem sabe?

Mas era casada com um ator, mesmo que abandonasse o teatro teria que conviver com aquilo para sempre. No celular havia várias mensagens. Diziam que Dado acabava de ser indicado para o prêmio Shell pelo seu último espetáculo. Dado já tinha dois prêmios Shell e agora era indicado para o terceiro.

No ensaio, Maria Marta, havia sido bem receptiva. Ainda estavam no "trabalho de mesa". "O artista só cria quando está angustiado". "O trabalho da atriz é arranjar trabalho". Ficava lembrando dessas frases.

Ficou ainda mais perplexa quando viu que ambos Dado e Maria Marta estavam ainda melhores do que ontem. Pareciam dois gigantes, e Murilo não parava de corrigi-la, a todo instante a interrompia e dizia:

"Pare! Não é isso!"

O tormento foi tanto que chegou uma hora Murilo quis interromper o ensaio de vez. Nessa hora, Bárbara, mais do que provocada, se segurou, se concentrou e pediu para continuar.

Ao final, todos respiraram aliviados.

"Muito melhor agora, Bárbara. Bem melhor", disse Murilo mais calmo e feliz.

Do ensaio ela foi encontrar as amigas. Lu e Paulinha estavam de bom humor como sempre. As mesmas conversas, homens, testes para filmes e séries e falar mal de outros colegas.

Bárbara explicou às amigas que não sentia a personagem nos ensaios. Disse que ela estava fazendo ela mesmo, Bárbara, lendo o texto.

Luciana disse que atuar é uma profissão como outra qualquer, alguns demoram mais para aprender, é um ofício no qual você vai melhorando com o tempo, é preciso ter persistência.

Já Paulinha veio com aquela de que cada papel tem de encontrar um ator ou atriz ideal, não adianta a atriz ser ótima se o papel não é para ela.

Depois, Paulinha ainda disse que cada trabalho é um trabalho, temos de começar do zero, tanto Dado e Maria Marta já trabalham com o Murilo, por isso já sabem jogar juntos, você está entrando no time agora, e por melhor que faça, tem que ter mais tempo de treino com eles, aprender as jogadas.

Você pode não sentir isso racionalmente, mas seu corpo está sentindo com certeza. E dê graças a Deus deles não estarem fazendo aqueles laboratórios loucos.

"Eu adoro laboratórios e preparação de atores!" disse Lu.

Aquela conversa embora talvez de nada servisse para o trabalho de Bárbara, a não ser ouvir os eternos clichês, a fez se sentir melhor. Não teve pesadelos aquela noite.

Antes de entrar na piscina naquela manhã, viu mensagens de Gabriel. Não leu. Pulou na água e começou a nadar, não queria mais ter certeza se Gabriel estava ou não a fim dela.

Queria nadar, nadar, nadar naquele céu azul de inverno em São Paulo.

Quando estava saindo da piscina, uma das técnicas de natação do clube, que conhecia há anos, perguntou se ela não queria fazer uma travessia em águas abertas dali a duas semanas?

"Uma travessia no mar?"

"Sim, num domingo, será lá em Santos."

Águas abertas. Bárbara gostou e aceitou se inscrever.

Murilo chamou Bárbara para uma conversa antes do ensaio. Explicou que fazer o espetáculo interessante para a plateia não era função da atriz, mas do autor do texto, que ela deveria se divertir mais. Também que sabia que ela estava assustada por estar em cena com elenco mais experiente, mesmo assim deveria se divertir, até porque ainda não tinha um nome, não tinha uma imagem a zelar, brincou. Sendo menos cobrada, pode se arriscar mais.

Bárbara argumentou que já estava se arriscando e tentava se divertir, mas a questão é que não se via na personagem.

"Vamos fazer assim, disse Murilo. Já se passaram semanas de ensaio e já estamos levantando as cenas. Chame dois amigos que você confia para virem assistir ao ensaio."

Murilo sabia que aquilo era ruim, não gostava de abrir seus ensaios para desconhecidos, por outro lado percebeu que Bárbara julgava que estava sendo de certo modo perseguida, porque ali todos já haviam trabalhado juntos, menos ela.

No dia seguinte lá estavam não dois amigos, mas três, Lu, Paulinha e Gabriel na plateia. O fotógrafo aproveitou e fez umas fotos de Bárbara. Tudo correu bem, Murilo não parou muito as cenas nesses dias e deixou o ensaio seguir mais solto.

Ao final, perguntou aos três convidados o que haviam achado. Lu e Gabriel apenas disseram que tinham gostado bastante e depois perguntaram mais sobre o texto do que sobre a encenação.

Paulinha não se conteve e deu vários palpites, nitidamente Murilo não quis alongar e apenas disse um: "ok, entendi".

No bar, as amigas estavam maravilhadas e disseram que Bárbara estava tão bem quanto Dado e Maria Marta. Uma vez ou outra, disse Paulinha, dá pra ver que você não está totalmente segura, mas isso até a estreia se resolve. Depois se abraçaram.

Nessa noite, Bárbara quase deu um beijo em Gabriel. Por algum motivo, o rapaz deu uma recuada e começou a mostrar as fotos que havia feito no ensaio.

Depois abraçaram-se. E, por último, ele disse em seu ouvido, você é ótima atriz Bárbara.

"Por que você não me beija?"

"Porque você é casada."

Estava um dia frio, mas de céu azul. Eram oito horas da manhã e a praia estava lotada de nadadores, Bárbara foi de ônibus, junto com os nadadores e os técnicos do clube.

Seria a primeira vez que faria uma prova em águas abertas. Ela nadava desde sempre, aos dezoito anos deixou de competir, mas nunca deixou de nadar. Treinava cinco vezes por semana. Não conseguia viver sem nadar.

Caiu no mar com aquelas centenas de nadadores. No começo era uma confusão, mas logo Bárbara se achou. Nadou, nadou, nadou, pensava em Murilo, no espetáculo, no último ensaio, na personagem que não surgia nunca. Pensou então em André Sampaio, como estaria aquele Nelson Rodrigues dele? Pensou no monólogo da Paulinha, em como a amiga precisava de que o monólogo desse resultado. Pensou em Gabriel, ele tinha razão, era casada. Pensou no filho que Dado queria ter e logo sua cabeça estava esvaziada. Não pensava em mais nada.

Estava feliz nadando. E nadava, nadava, nadava e nadava. A água estava uma delícia. Percebia cada vez menos nadadores ao lado, levantou a cabeça deu-se conta de que estava tudo certo, ela ia na direção certa.

O sol brilhava, seus braços e pernas deslisavam, num momento pensou não ver ninguém, levantou a cabeça e viu que a praia estava próxima.

O ar entrava fácil em seus pulmões e aquele corpo de atleta, que há trinta cinco anos nada e nada e nada, estava no seu auge.

Saiu da água, viu a técnica do clube e outras pessoas vindo em sua direção:

"Bárbara você chegou em primeiro!"

Ela então olhou em volta: só agora alguns homens nadadores saíam exaustos da água.

"Ela chegou em primeiro! Ganhou dos caras!", ouviu.

Alguns minutos depois, se dava conta de que aquilo era verdade.

Havia ganhado a prova.

Ali naquela praia não havia dúvidas. Não era somente boa, era a melhor. Não era mais só a mulher do Hamlet, era também, ela, Bárbara.

1 CHEGADA A BEIRUTE

O sol estava alto e o céu azul, o movimento era intenso no porto. Eu procurava pelo ucraniano que viria de navio, de Istambul. Embora agora fôssemos uma colônia francesa e não mais otomana, navios vindos da Europa ainda paravam em Istambul, ou vinham direto. Nos falaram que o ucraniano viria para nos conhecer e fazer um primeiro contato.

Éramos um pequeno grupo. Fuad havia sido expulso do Cairo, onde tentou fazer greves como líder sindical. Omar e eu éramos do teatro universitário. Eu estudava Letras e Omar, Filosofia na Universidade Americana de Beirute.

Eram mais umas dez pessoas. Fazíamos reuniões secretas e sabíamos da existência de muitos partidos comunistas pelo mundo. Embora nossa luta, no "Líbano", que ainda nem existia como país, fosse pela independência da França, também sonhávamos com um Levante alinhado à União Soviética.

Queríamos não só sermos livre dos Impérios do Ocidente, mas também fazer parte deste novo mundo. Um mundo sem exploração, de fraternidade entre todos os povos.

Acontece que tínhamos uma leve inclinação ao trotskismo. E uma linha bem diferente do governo, que agora dava as cartas em Moscou.

Minha missão era pegar o ucraniano no porto e levá-lo para o hotel. Ele era mais bonito do que eu esperava, jovem, não como eu, já estava na casa dos trinta e muitos, porém parecia jovem. Trazia duas malas. No caminho, me perguntou em francês:

"Existem muitos como você aqui?"

"Não muitos", eu disse. E antes que ele desanimasse, emendei: "Não que saibamos, mas com o tempo e sua chegada, seremos milhões."

Dinheiro não parecia ser um problema para ele, que pagou o carregador com uma nota alta. Usava roupas caras, e se eu não soubesse de quem se tratava diria que era um aristocrata do Ocidente.

Não nos apresentamos formalmente, mas disse que eu podia chamá-lo de Mark.

Perguntei se era a primeira vez dele na Síria, sim, nos anos vinte do século vinte Beirute ficava numa região chamada Síria pelos otomanos e mais tarde o nome foi mantido pelos franceses.

Mark sorriu e disse que quanto menos eu soubesse dele melhor seria. Chegamos ao segundo melhor hotel de Beirute como me orientaram. Achávamos que se ele ficasse no Hotel São Jorge, o melhor de Beirute chamaria a atenção. Hospedando-se no segundo melhor, além de passar despercebido, as autoridades iriam tratá-lo como alguém de posses, e a polícia tende a sempre tratar bem quem tem dinheiro.

Com exceção de não falar árabe, Mark poderia passar facilmente por um sírio de Beirute, que naquela época era totalmente ocidentalizada.

Esperei na recepção enquanto o levaram para o quarto. Ele desceu e pegamos o caminho para casa do Fuad, onde iríamos jantar. Mark quis parar num café antes. Entramos num café à moda turca, ele pediu dois cafés e algumas tâmaras. Sentamo-nos numa mesa e, depois, ele me disse:

"Se te pegarem não poderei te ajudar. É melhor você já saber."

Eu não sorri, nem falei nada, apenas comi uma tâmara.

Ele continuou:

"Hoje na casa do Fuad..."

Ele parou a frase no meio, me encarava e raciocinava se estava seduzido pelo ambiente, pelas doces tâmaras e aquele cenário levantino, ou se realmente queria fazer o certo e me deixar informada. Aos olhos dele eu era uma estudante ingênua e uma árabe bondosa.

"Nora, hoje na casa do Fuad, estará lá um traidor. E eu vou matá-lo".

Pisquei os olhos e quase engoli o caroço da segunda tâmara.

Aquilo me surpreendeu, fiquei perplexa. Não por aquele homem elegante me dizer que naquela noite iria matar alguém, nem mesmo por haver um traidor entre nós. Fiquei surpresa foi dele saber o meu nome. Nem mesmo Fuad sabia o meu nome.

E o que será que ele queria me comunicar? A verdade é que aos olhos de Moscou éramos todos traidores, afinal éramos trotskistas e o grande general Stalin matava trotskistas. Estávamos dispostos a nos unir com a União Soviética, nossa única chance de fazermos a Revolução e ao mesmo tempo expulsarmos os franceses das nossas terras.

Pegamos uma rua que dava em escadas, um caminho mais rápido até o bairro tranquilo das casas de pedra, onde viviam os sunitas e era a casa do Fuad.

Fui me dando conta de que alguém iria acabar mal naquela noite. Mas eu não tinha como avisar os outros. Depois, tive a impressão de que dois homens estrangeiros nos seguiam.

Estariam eles com Mark? Ou seriam da polícia secreta francesa? Eu carregava minha pistola na bolsa, um privilégio por ser filha de um delegado.

❷ O COMEÇO NA COMÉDIA

Ensaiávamos num enorme salão de festas junto a uma igreja belíssima católica no bairro do Sumaré, na arborizada rua Afonso Bovero, próxima à antiga MTV. Do topo, víamos o anoitecer no bairro verde do Jardim das Bandeiras e mais adiante a Vila Madalena ia acendendo suas luzes, que naquela época, final do século 20, era o local da nova boemia paulistana.

O conjunto arquitetônico do lugar, após passar pelo portão, me remetia a um mosteiro do filme "O Nome Da Rosa". Era como se de repente eu entrasse num conjunto histórico europeu. Digo, ensaiávamos, mas na realidade estávamos estudando e praticando máscaras teatrais da tradição da "Comédia Dell'Arte" italiana.

Dizem que na Itália é um folclore, assim como o nosso "Bumba Meu Boi". Na prática, a região Norte do Brasil, onde é encenado o Bumba, fica tão longe quanto a Itália. Tudo isso para dizer que apesar de sermos jovens de jeans, tênis e camisetas, mergulhávamos fundo nas máscaras.

Roberta se movimentava com elegância. Seu corpo simétrico e lindo, olhos verdes, cabelos castanhos, lembrava uma italiana do norte. Nessa época, eu namorava uma estudante de cinema. Tabata era absurdamente linda, inteligente e uma ótima amiga, mas eu me sentia atraído por Roberta.

Principalmente pelo seu nariz, grande, estilo mediterrâneo. Talvez aquele nariz em outra mulher teria estragado o conjunto, mas não em Roberta. No nosso pequeno grupo de Comédia Dell'Arte ninguém ainda se decidira por ser ou não ser um comediante.

Eu ainda sonhava em um dia fazer um Hamlet ou Édipo no teatro. Tinha 25 anos e todas as características necessárias. Ótima voz, altura média para alta, cabelos, coordenação motora e principalmente uma enorme vontade de fazer tragédia.

Nada em mim seria um problema para ser um protagonista no teatro. Pelo contrário. Nada indicava que eu seria um comediante. Nenhum "defeito" físico, nada na voz; não era exatamente um bom imitador tampouco tinha algum outro talento musical, nem era mímico ou criava personagens caricatos.

O que eu tinha? Naquele momento um clown em formação.

Um dia a nossa mestre/diretora propôs construirmos um texto para apresentarmos num festival. Algo que durasse pouco mais de 30 minutos. Voltei no dia seguinte com o roteiro pronto. Fomos um sucesso. Ganhamos o festival.

Na última apresentação, depois que retirei a máscara do Arlequino, a plateia se surpreendeu. Acho que não esperavam um jovem tão formoso fazendo sotaque óbvio e caricato de um nordestino, depois, ao me verem, sentiram um estranhamento.

Tabata fazia a enamorada, que atuava sem máscara. Ela e Pedrinho faziam uma ótima dupla.

Já Roberta não surpreendia ao retirar a máscara. Com certeza o seu enorme nariz fazia parecer que ela ainda estava de máscara. Soube depois que Roberta era a mais elogiada do grupo.

Fizemos depois um texto do Moliére e novamente foi Roberta quem brilhou.

Nossa diretora foi estudar por um período na Europa. Logo me tornei diretor do grupo. Passei a escrever e dirigir. Chegamos a fazer duas peças.

Ao término da temporada da última peça, Tabata, já formada, arrumou um trabalho como assistente de direção num longa. Passou a achar o mundo do cinema mais glamouroso e logo começou a se envolver com um diretor de fotografia.

Foi a senha, o sinal, para eu procurar Roberta. Aqui, vou explicar um pouco sobre ela. Roberta não era carismática fora de cena. Era quieta, divertida sim, mas não tinha nada que realmente chamasse a atenção nela. Fui me apaixonando. Não sei se pela mulher ou pela atriz.

Nossa diretora voltou da Europa, e resolvi que estava na hora de voltar a atuar. Saímos para jantar: eu, a diretora e Roberta. Depois de alguns vinhos, decidimos montar um drama.

Para ser mais específico escolhemos Tennesse Williams. Foi um desastre. Já na estreia foi um constrangimento. Não que alguma coisa estivesse fora do lugar, fizemos a peça corretamente, com técnica e garra, mas o público odiou, acontece. O melhor era terminar logo aquilo e partir novamente para uma comédia.

Aquela aventura fez me sentir tentado a aceitar um teste para fazer humor no cinema. Passei no teste, e qual não foi a minha surpresa ao descobrir que Tabata fazia parte da equipe de criação.

Tabata estava mais linda do que nunca. Saímos, bebemos e transamos.

Voltamos a namorar. Eu estava feliz. Ia fazer cinema pela primeira vez e namorava uma linda mulher. Eu estava conseguindo, tinha um começo de carreira. Durante as filmagens, Tabata me deu a notícia. Estava grávida do nosso primeiro filho.

❸ FUGITIVOS DA NOITE

Fuad nos abriu a porta, era uma casa construída de pedra, como a maioria das casas de Beirute da época, modesta, mas grande. A sala dava para um jardim, Omar e os outros já estavam lá, iam se servindo de uma *mezze* árabe que a esposa de Fuad havia colocado na mesa de centro, e todos a rodeavam cercados de almofadas.

Fuad era um homem grande e alto. E antes que ele pudesse apresentar os camaradas, saquei minha pistola, apontei para Mark e gritei:

"Mãos na cabeça e nenhum uma palavra!"

Depois me virei para Fuad:

"São dois, eles nos seguiram desde o hotel."

É óbvio que Mark sabia o nome de todos os intelectuais ali naquela sala. A KGB sempre foi competente. O que ele não devia saber, com certeza, era que o braço armado da nossa célula comunista em Beirute era eu. Uma mulher. Fuad apesar de enorme, era um líder político especializado em discursos sindicais.

Fuad rapidamente revistou Mark, não achou nenhuma arma, mas encontrou o veneno.

"Russos matam com isso!" Fuad levantou o pequeno frasco.

George, um homem baixinho e feio, saiu do meio dos outros e tomou a palavra.

"Vamos descobrir o que ele sabe. Sou eu quem ele iria matar aqui hoje".

Nisso bateram na porta, abaixei a arma e corri com Fuad até a porta. Mark aproveitando a distração correu para o jardim e rapidamente pulou o muro.

George gritou: "Nora!"

E quando dei por mim, também pulava o muro atrás de Mark segurando uma das pistolas na mão. Caí no jardim vizinho e pude ver Mark subindo a escadaria na rua pouco iluminada pela noite, entre as árvores.

Subi a escadaria e dei numa ruela. Não vi ninguém. Apenas senti um golpe. Mark tirou a arma da minha mão, tapou minha boca.

"Nora, sou seu amigo. Me siga. Comigo você está segura".

Depois parou de apontar a arma para mim e me devolveu a pistola. Ouvi tiros ao fundo. Sabia que ninguém do grupo andava armado, os tiros deveriam ter sido dos dois homens que no seguiam antes de entrarmos na casa do Fuad.

Acreditei em Mark e saímos correndo pela escuridão da noite.

❹ O ENTERRO DA AVÓ

O meu primeiro longa-metragem foi um fracasso. Nas filmagens, a equipe técnica ria muito, me dava a falsa impressão de que eu estava engraçado. Mas o diretor, um desses cinéfilos, que nunca pisou num teatro, não sabia dirigir atores. Não corrigia o elenco, apenas deixava rolar.

Sei que é errado colocar a culpa de uma peça não ser boa, nas costas do diretor. Acontece que cinema, apesar de ser também uma arte coletiva, ao contrário de teatro, é arte do diretor. A figura do diretor e sua interpretação e visão do roteiro são essenciais na obra.

Fiquei arrasado. Não tinha sido nada do que esperava, e em nada aquele filme iria ajudar na minha recém-iniciada carreira de áudio visual.

Meu filho nasceria em dois meses, e assim como Tabata, estávamos agora desempregados. E no meio disso recebo a notícia de que a vovó Nora havia morrido.

Fomos para São José do Rio Preto para o enterro dela. Minha avó não conheceria o bisneto dela. Meu filho jamais iria comer aquelas esfihas saídas do forno. O quibe cru com manteiga derretida e todas aquelas maravilhas que minha avó libanesa cozinhava.

A viagem com Tabata grávida foi puxada. Paramos em São Carlos para comer a famosa bisteca na churrascaria dos anos 50 de nome Castelo. Rio Preto fica a 430 quilômetros da capital São Paulo. Me lembro de ter usado casaco só uma vez em Rio Preto durante toda minha vida. Meu pai nasceu lá.

Meus avós eram do Líbano, mas vieram tarde, já adultos. E seguiram de Santos para Rio Preto onde meu avô Farid já tinha parentes. O cemitério da Boa Vista estava cheio. Minha avó sempre foi ativa e feminista. Havia sido presidente do Clube Monte Líbano de Rio Preto, o que não era pouca coisa para uma mulher.

Meu avô Farid e ela fizeram algum dinheiro com uma loja de tecidos no centro da cidade. E mais tarde construíram alguns prédios e salões comerciais. Meu pai e minhas tias estudaram em São Paulo, meu pai na São Francisco, uma tia fez medicina na Paulista e outra filosofia na USP.

Estavam todos lá, minhas tias, meus primos e primas e irmãos, meu pai muito emocionado. Meu avô morreu quando eu era pequeno. Ele e minha avó viajaram muito pelo mundo. Foram conhecer Moscou, quando era a capital da União Soviética. Minha avó foi enterrada ao lado do marido.

Depois do enterro a família fez um almoço na antiga casa de pedra onde meu pai e tias cresceram. Comida libanesa, claro. À tarde minha tia me deu uns escritos. Eram papéis escritos à mão.

"A vovó mandou te entregar."

Não entendi aquilo, de todos os oito netos fui o único que recebeu aqueles papéis?

Como erámos muitos, metade da família ficou no casarão de pedra e outra metade hospedada num hotel próximo. Um hotel contemporâneo com ar-condicionado até forte demais. Comemos sanduíche à noite e Tabata foi logo dormir, estava exausta.

Comecei a ler as memórias e qual não foi a minha surpresa ao descobrir que a avó Nora, assim como eu, fora atriz.

Em tantos e tantos anos jamais desconfiei, que a minha avó lá de Rio Preto havia sido atriz no Líbano. E mais ainda, não podia acreditar naquilo, minha avó era uma agente internacional do partido comunista. Não só ela. Também meu avô, esse que nunca se chamou Farid e sim Mark. O mesmo nome que o meu, Marcos.

❺ AMANHECER EM BYBLOS

Por muito tempo eu evitei seguir meu desejo de ser atriz. Não queira seguir a carreira dos meus pais. Na verdade, meu pai é ator e a minha mãe é diretora de cinema.

Estou fazendo um longa em que a minha mãe, Tabata Guimarães, é a diretora. De certo modo é um projeto familiar. Narra a história de Nora Abuassaly que foi uma revolucionária dos anos 1930, fundadora do Partido Comunista Libanês.

Apesar do filme ser todo rodado no Líbano, optamos por fazer em língua portuguesa, visto que a produção é brasileira. Algumas falas são em francês, por isso o personagem que faz o companheiro de Nora, Mark é um ator francês, Armand Chapelli.

Aprendo bastante com ele. A mãe do Armand também é atriz, o que faz com que ele me entenda. Quando cheguei à idade de escolher minha carreira, pensei em ser jornalista. Entrei na faculdade e fui trabalhar no rádio. Mas logo veio um teste e passei. Foi uma série para televisão.

Meus pais ficaram orgulhosos. Eles se conheceram fazendo teatro. Minha mãe conta que no começo ela ficava mais nos bastidores, assistente disso ou daquilo. Era meu pai a cabeça do casal e quem idealizava os projetos.

Ela dizia que tinha aquela tal síndrome da impostora, que não sentia a autoridade de comandar uma enorme equipe. Um dia foi assediada por um diretor. Aquilo a deixou com tanta raiva que a fez entender que ela era muito mais competente do que aquele diretor medíocre, que depois, conforme veio a saber tinha um histórico de assédios.

Ela fez seu primeiro longa e ganhou prêmios. E não parou mais. Quando digo que o projeto desse filme sobre a Nora Abuassaly é familiar, é porque ela, a Nora é, na realidade, a minha bisavó, avó do meu pai. Eu nasci dois meses depois da morte dela.

Estou aqui pensando em tudo isso, de madrugada, no pequeno porto de Byblos. Essa cidade, Byblos, tem oito mil anos. E aqui nesse lugar com essa baía redonda, barcos de madeira e outros iates com as ruínas atrás, era o berço da civilização Fenícia.

Foi nessa cidade que criaram os sinais, o alfabeto que usamos para nos comunicar aqui. Sabe? O a b c d e f g h i j...

Estamos esperando o sol se levantar para filmar. Armand e a diretora Tabata já estão a postos. Eles conversam em inglês, eu aprendi francês para fazer esse filme. Estão ali próximos ao mar.

Oito mil anos de história. Fenícios, assírios, gregos, macedônicos, persas, romanos, árabes, otomanos, franceses, norte-americanos e aqui continuamos.

Atuar dá disciplina, mas confesso que não vejo a hora de beber, atravessar uma madrugada careta não é para qualquer um. Estão me chamando.

Vou pular, dar uns gritos, aquecer e vamos bater o texto com Armand. Se eu ainda não falei, falo agora, esse país é muito lindo.

Oito mil anos. Quando fundaram Roma, Byblos já era mais antigo do que a idade atual de Roma, muito mais antiga.

Acho que ninguém vai perceber se eu tomar um pouquinho desse arak, né?

6 BRIGITE

O dia mais feliz da minha vida, olha o clichê, foi quando Brigite nasceu. Desde sempre me dei muito bem com ela. O problema sempre foi com Tabata, as duas nunca tiveram muita afinidade.

Minha filha sempre ria das minhas piadas. Por um lado eu tinha orgulho de ela ser descolada, cabeça aberta, afinal foi assim que eu a criei. Mas por trás daquele anjinho, às vezes desajustada, às vezes alegre demais e outras abatidas, escondia-se um monstrinho prestes a dar uma mordida assim que você fizesse carinho na cabeça dela.

Desde sempre aprendi a lidar com a figura maluca de Brigite. Mesmo porque eu achava que aquela anarquia toda e falta de disciplina ela havia puxado de mim.

Tabata nunca deu problema aos pais ou na escola. O desajuste de Brigite eu acreditava que era herança genética. Com o tempo descobri que filhos são totalmente diferentes dos pais, digo, personalidades diferentes. Podem ter a mesma voz, o mesmo rosto, ter ainda a mistura de ambos, pai e mãe no corpo, mas a índole, essa, cada ser tem a sua. E a da Brigite era extremamente complicada.

Como Brigite não fosse tímida, pelo contrário, muito extrovertida e nos acompanhava em ensaios, apresentações, aprendeu a ficar na coxia nos bastidores e sempre se divertiu em filmagens e teatros. Foi natural quando aos dez anos disse que queira atuar.

Brigite começou então a fazer teatro amador. Nunca me enganei em relação a atores amadores. Não sou daqueles professores que querem descobrir um talento, um gênio entre meus alunos. De maneira que procurei não me entusiasmar com minha filha atriz. Sabia que poderia ser apenas uma fase, que acontece com a grande maioria dos amadores, acabam depois de um tempo tocando a vida e deixam aquilo na memória.

Assim também nos esportes.

Quando Brigite tinha treze anos, descobri que estava fumando maconha todo dia. E a maconha escondeu e não me fez enxergar o maior dos problemas de Brigite: o alcoól.

Para ser sincero muitos amigos meus e amigas são bêbados e bêbadas, isso nunca me preocupou. Nem o fato de alguns serem viciados em cocaína, desde que isso não interferisse no trabalho estava tudo bem.

Para alguns ótimos atores, a cocaína atrapalhou. Ninguém que não pudesse ser substituído. Lembrando que no século 20, muitos artistas usavam drogas para criar e se apresentar. Muitos diretores de teatro até incentivavam a viagem coletiva. Se a plateia também estivesse chapada até melhor.

E não vou mentir e dizer que nunca fiz uma apresentação de teatro doidão ou bêbado. Depois de semanas ou até meses repetindo as mesmas falas, você domina tanto, que pode se dar ao luxo de brincar e se embebedar antes de uma peça e talvez ninguém note.

Mas existe o contrário. O ator que começa tomando um gole inofensivo de conhaque antes da peça. Depois passa a tomar dois goles inofensivos de conhaque e depois acaba bebendo uma garrafa de conhaque antes da peça. Mesmo assim, ao pisar no palco, aquele ator que na coxia estava falando pastoso e caindo se transforma e fica rígido e ágil.

Sim, mistérios da cena.

Roberta que frequentava nossa casa, chamou Brigite quando ela tinha 15 anos para fazer uma peça profissional, na qual Roberta seria a diretora. Depois que a peça estreou, novamente fui muito cético em relação à performance da minha filha, que aliás, possuía pouquíssimas falas.

Só que Roberta certo dia, quando estávamos a sós, me disse algo que me atravessou a alma.

"Sua filha é apaixonada por atuação, e poderia ser muito boa, uma das melhores, mas ela é alcoólatra."

Quando Tabata escalou Brigite para fazer Nora Abuassaly no seu longa a ser rodado no Líbano, achei um grande erro. Brigite era o oposto de Nora, e não sou daqueles que adoram fazer um ator se transformar em algo que não tem nada a ver com a natureza dele. Para quê?

Mas era a primeira vez que Tabata e Brigite estavam se entendo. Por isso, eu as levei até o aeroporto, um voo para Istambul e de lá para o Líbano.

Percebi nos olhos da produtora ao ver o entusiasmo exagerado de Brigite no aeroporto que eu não era o único a achar aquilo um equívoco.

Tomara que eu estivesse errado.

Voltei para a casa vazia e fui dormir. No outro dia, estaria em cartaz com uma peça do Ibsen.

"Boa sorte, filha. Boa sorte, filha. Merda, Brigite!"

7 TUDO SOBRE MIM

Acabei, aquela noite, no quarto de hotel do Mark. Não tínhamos a mínima ideia do que aconteceu na casa do Fuad. E menos ainda se ali era seguro. Por isso evitamos falar sobre a revolução, mesmo porque, Mark não podia ou não queria falar dele mesmo.

Então, contei quando tive a notícia de que fui admitida na Universidade Americana de Beirute. Eu era filha de um delegado de polícia e uma dona de casa.

Meu pai embora militar sempre gostou de ler. Foi ele quem me incentivou a fazer Letras. E foi na universidade que descobri o teatro. A cena profissional em Beirute não era tão grande quanto a de Paris ou do Cairo. Novos dramaturgos iam surgindo, com Miguel Mahfouz, com quem, aliás, tive um romance. Não contei ao Mark.

Fizemos algum sucesso com a peça do Mahfouz e até pensamos em levá-la para o Cairo. Foi ele e Omar, um colega de Letras que me levaram para o movimento estudantil. A maioria deles vinha da classe alta e se espantaram por eu entender de armas. Mas venho de uma família de militares, pai e irmãos. Sou a única mulher de seis irmãos.

O líder do movimento político socialista estudantil era George Nawal, um sujeito mais de bastidores, feio e baixinho. Não era viril, usava óculos e começava a ficar calvo. Contrastava com o gigante carismático Fuad.

E agora eu estava ali. Escondida num quarto com um agente do partido comunista soviético, seja lá o que o Mark fosse.

Eu só queria ser atriz. E naquela noite, embora tivesse sido muito corajosa para impressionar aqueles intelectuais ricos na casa do líder sindical, estava apavorada.

O que eu mais amava nessa vida era o palco. E aquele jogo todo era um jogo masculino que eu sabia jogar bem, porque tenho cinco irmãos homens. Mark percebeu minha angústia. E me contou de quando assistiu *Ricardo III*, de Meyrhold em Moscou. E de como o partido achou aquilo ofensivo. Porque Meyerhold havia feito a peça com figurinos contemporâneos o que acabou fazendo com que a plateia identificasse o carniceiro autoritário do *Ricardo III* com o próprio Stalin.

O partido ordenou então que os figurinos voltassem a ser de época, porque afinal Shakespeare era Shakespeare e, no comunismo, a arte deve servir ao proletário e não a um artista burguês. O estilo não é do indivíduo e sim da comunidade e por aí vai.

Na época, Mao Tse Tung ainda nem havia tomado o poder na China, e tudo aquilo que Mark me contava ia contra a União Soviética imaginada pelo Miguel Mahfouz, Omar, George e os outros.

De repente alguém bate na porta. Mark pergunta em francês quem era e uma voz responde em russo. Mark abre a porta, um homem entra, não me encara. Mark e o russo conversam baixo, poucas frases. O homem deixa o quarto, então Mark me pergunta se conheço Byblos.

"É claro que conheço Byblos."

Então, ele me faz uma pergunta, da qual até hoje passados tantos e tantos anos não sei se respondi certo.

"Nora, está na hora de você se decidir. Você quer o teatro ou a revolução?"

Mark parecia mais em dúvida do que eu, de um lado queria que aquela menina fosse ser atriz e feliz, por outro sabia que precisava dela e queria mais tempo com ela.

Fechei os olhos, suspirei, abri os olhos novamente, encarei Mark e respondi. Resposta para a qual, eu sabia, não haveria volta. Uma resposta que me faria, talvez, nunca mais ver minha família e nunca mais pisar num palco de novo.

"A revolução" Disse sem emoção e sem entonação.

Ficou até meio ridículo.

Descemos para o luxuoso hall, Mark carregava apenas uma maleta. Um funcionário do hotel nos entregou a chave de um carro conversível esporte. Mark lhe deu uma ótima gorjeta.

Ainda era noite. Fui mostrando o caminho para Byblos, enquanto Mark dirigia para a missão mais importante de nossas vidas.

O futuro do Levante dependia de nós. Uma atriz amadora e um ex-agricultor ucraniano. Nem sempre a história é feita de pessoas extraordinárias. Nem sempre.

Depois daquela noite, não teve um só dia durante todas essas décadas em que não pensasse, como teria sido a minha vida se seguisse a direção do meu sonho? Que atriz eu teria sido? Quais autores eu teria feito no palco?

8 A ÚLTIMA GOTA

O set estava pronto, um restaurante lindo de frente para a calma e pequena baía de Byblos. Todo o elenco de apoio, vulgo figuração, a postos. O dia já começava a nascer. A enorme equipe indo e vindo e cada um na sua posição, aquela cena dependia de mim.

Eu não estava suportando a ansiedade. Me agarrei àquela pequena garrafa de arak, precisava de uns goles senão, não ia conseguir, não ia aguentar. Jovens atores se divertiam e conversavam antes de a câmera ligar.

É uma alegria fazer filmes. É ainda melhor que rádio e tão bom quanto sexo. Mas não estava aguentando, só uns goles é do que eu precisava. Maquiadora e figurinistas me arrumaram. Armand piscou o olho, ele também estava ansioso.

Era a cena mais cara e mais técnica do filme.

Na estrada de Beirute para Byblos, o personagem Mark para o carro. Ele pede a arma para Nora. Ela desconfia, mas acaba entregando a pistola. Ele então desce do carro, olha para o mar com as ondas quebrando nas pedras e lá de cima do penhasco, arremessa a arma para o mar.

"Confie em mim, não poderemos usar armas."

Então ele revela o plano. Quando digo eu, não é a Brigite tá, é a Nora, a personagem. Iríamos envenenar o chefe da inteligência francesa na Síria, ou Líbano como depois da independência ficou nomeado. Mas na época era tudo Síria ainda.

"Por que eu?"

"Porque você é uma linda mulher e quando se sentar na mesa do chefe da inteligência francesa, Jean Paul, nem ele e nem seus dois seguranças na mesa de trás vão desconfiar quando eu o abordar achando que é um velho conhecido. Nesse meio tempo você coloca o veneno no café dele. Tem de parecer que ele morreu de mal súbito, do coração. É o tipo que se acha galanteador, o tal Jean Paul".

"Mas irão substituí-lo rapidamente por outro."

"Olha Nora, minha missão também é convencê-la. Então, vou abrir segredos da missão geral, que nem deveria. Faremos isso hoje com quinze chefes de inteligências em quinze países diferentes. Todos morrerão do mesmo jeito, envenenados, e nenhum agente pode ser ou será pego. Tudo irá acontecer daqui a duas horas, no mundo todo. Para cada um há uma história diferente."

"E não irão desconfiar? As inteligências ocidentais não se comunicam?"

"Exato, e vão saber. É isso que os russos querem, aterrorizar a todos. Deixar a mensagem de que podemos chegar em qualquer um e envenenar qualquer um em qualquer lugar se quisermos. Afinal, somos a União Soviética."

É só um gole. Eu ia colocando a garrafa nos meus lábios, quando senti alguém puxando meus cabelos. Era a diretora do filme, que no caso chama-se Tabata e é também minha mãe.

Ela me deu um olhar que nunca havia dado. Dizia tantas coisas aquele olhar, raiva, pena, desespero, decepção, tudo.

"Brigite você, agora, terá que fazer a escolha mais difícil da sua vida. E eu falo sério. Te tiro do filme e te substituo. Atriz querendo trabalhar é o que mais tem no mundo. Desesperadas para trabalhar. Muitas querendo mais que tudo estar no seu lugar. Então, Brigite, Escolha: a bebida ou o cinema?"

Vi aquele sol se levantando sobre o mar de Byblos, e o reflexo naquele lugar de oito mil anos me acalmou.

"Escolho o cinema", eu disse. E ainda repeti. "Escolho o cinema".

Então, fiz a cena. Sem ansiedade, sóbria. Calma.

Nora completou aquele dia a sua missão com Mark.

Não sabemos se isso ajudou, piorou o mundo, ou foi irrelevante. O que sabemos, com certeza, pois há documentos e testemunhas, é que todo o grupo do movimento estudantil, Omar, George e mais o líder sindical Farid, assim como o dramaturgo Miguel, foram todos torturados e mortos naquela mesma manhã.

Não haveria jamais teatro para Nora se ela não tivesse ido para Byblos aquela noite. Ela seria simplesmente estuprada várias vezes e depois morta pelos anticomunistas. Ou simplesmente sádicos.

Uma lancha com um piloto russo esperava no píer, Mark e Nora entraram na lancha em direção à ilha de Chipre. De lá seguiram para o Brasil.

Até chegarem a uma cidade do oeste paulista, oito anos após sua fundação, chamada São José do Rio Preto. Lá abriram uma loja de tecidos chamada Byblos e moraram atrás da loja. Foi lá que meu avô nasceu.

Não se sabe se Mark e Nora tiveram outras missões no Brasil.

Provavelmente não. Apenas foram felizes para sempre.

ATRIZ AOS CINQUENTA

① A VITRINE

Eduardo chegou aos cinquenta anos com a sensação de que não viveu a vida que queria ter vivido. Sempre adiando os sonhos. E agora passava o tempo desanimado e deprimido, como se nada mais fosse possível. Por ter postergado tanto, os desejos se tornaram apenas memórias de uma vida que poderia ter sido, mas nunca foi.

Sua família sempre foi rica desde o seu nascimento. Nada lhe faltou, a não ser a vontade de aventuras e se jogar no mundo, em busca de conquistas espirituais.

Formou-se em Economia, nunca teve emprego que não fosse trabalhar nas empresas da família. Namorou meninas bonitas e foi casado por dez anos com uma mulher rica, que também nada fazia, jamais chegou a conhecê-la profundamente e tampouco teve filhos.

Sua rotina era acordar, ir ao clube e trabalhar uma ou duas horas por dia, resolvendo burocracias menores de seus investimentos e rendas. Se preparava para herdar o patrimônio dos pais, que seria dividido com seus dois irmãos, bem parecidos com ele, a única diferença era serem casados e com filhos.

Eduardo não era feio e aparentava ser mais jovem do que era. Aos vinte anos sonhou ser diretor de cinema. Mas o convenceram a cursar primeiro Economia. Chegou a fazer um curso de interpretação para atores. E outro de canto.

Agora era tarde. Só restava aproveitar os pequenos prazeres da vida. Um bom restaurante, viagens, umas roupas novas e dormir até a hora que quisesse.

Talvez não tenha tido, realmente, vocação para ser artista. E se encarasse realisticamente a vida, a verdade é que não tinha talento para nada.

Mesmo assim era extremamente carismático e engraçado. E isso o fazia uma pessoa querida por quase todos. Era um solitário, mas por escolha dele mesmo. Não suportava o cotidiano com uma mulher, por mais bela que fosse. Acordar e passar o tempo todo com uma mesma mulher já não o satisfazia.

Tampouco era um idealista que quisesse mudar o mundo. Eduardo cada dia desperdiçava mais um dia. Nada fazia, nada realizava.

Encaminhava-se para ser um velho ressentido cuja única contribuição para o mundo havia sido uma vida medíocre. Um dia, foi até um sofisticado bar encontrar amigos e amigas. No final da noite, como o bar era próximo de sua casa, resolveu voltar a pé.

Foi quando percebeu que o tênis estava desamarrado. Parou em frente a uma vitrine, viu dois vestidos coloridos iluminados.

Olhando para aqueles vestidos sentiu algo que talvez já tivesse sentido, mas não se recordava. Eduardo desejou aqueles vestidos mais que tudo na vida.

❷ AGORA, QUERO SER RAINHA

Luísa sempre trabalhou em todos os tipos de emprego. Vendedora de loja de roupas, garçonete, modelo e, ultimamente, produzia festas e jantares. Cozinhava e servia, junto com um colega também ator.

Vez ou outra fazia testes para publicidade, mas sua carreira mesmo, sempre foi a de atriz.

Aos 45 anos, nem ela mais sabia sua idade exata, Luísa estava cansada, aliás, exausta. Não se arrependia da vida, saiu de uma pequena cidade no Rio Grande do Sul para seguir o sonho de ser atriz. Fazer novelas, filmes e ser famosa e rica.

O primeiro destino foi o Rio de Janeiro e de lá foi para Paris onde viveu por seis anos.

No Rio, arrumou trabalho de vendedora numa loja de biquinis, sempre teve um corpo fenomenal e, mesmo hoje, faz inveja em meninas de vinte anos. Conseguiu um curso noturno de iniciação à interpretação teatral.

No final do curso apresentou uma peça de teatro. Foi lá que teve certeza de que queria seguir aquela carreira. Já havia saído da loja e agora era promotora de eventos.

Num desses eventos para uma marca francesa, conheceu um executivo francês. Acabaram namorando e ele a levou para França, numa cidade na Riviera. Na França, continuou a fazer cursos de interpretação, atuou em teatros amadores e fez vários curtas de cinema.

O casamento um dia acabou, ela já havia conhecido grande parte da Europa, feito vários cursos e resolveu voltar para o Brasil, dessa vez para São Paulo. Voltou focada em acontecer como uma atriz de verdade.

De novo, não conseguiu nada além de dar uma ou outra aula de francês e fazer um ou outro filme publicitário. Chegou a fazer parte de um grupo de teatro e montou quatro peças alternativas. Não ganhou dinheiro e tampouco fama, mas amava estar no palco.

Luísa com todas as dificuldades da vida era feliz. Mas, agora, aos 45 anos desejava mais estabilidade.

Ela não estranhou quando Eduardo, um playboy que tinha amigos em comum, e com quem tinha saído anos atrás, ligou. Na verdade, achou bom alguém para levá-la a um bom restaurante e ouvir seus dramas. Ela morava no fundo da casa de um casal de atores.

Eduardo estava mais divertido do que da última vez que haviam se visto.

Depois de brindarem ao teatro com um vinho caro que ele havia pedido, ela mal acreditou no que ouviu:

"Quero te convidar para fazermos *Um Bonde Chamado Desejo*, do Tennessee Williams."

Até aí tudo bem, ela achou ótimo, mas desconfiou da saúde mental de Eduardo quando ele disse que ela, Luísa, faria a personagem da Stella e que ele não seria Kowaski, e, sim a irmã de Stella, Blanche.

"Você quer fazer a Blanche?"

Beberam outra garrafa de vinho, e, no final da noite, eles já tinham o nome de um diretor que iriam chamar e alguns nomes para elenco.

Depois de Luísa dizer que aceitava fazer — óbvio que aceitou, ela amava teatro —, Eduardo se levantou e deu-lhe um beijo no rosto. Um beijo estranho, mas gostoso.

E Eduardo foi ficando cada vez mais interessante naquela noite, as pessoas olhavam para ele no restaurante, como se uma luz saísse dele.

De volta ao seu pequeno quarto, com uma janela que dava para uma árvore, Luísa dormiu feliz. Ela seria a Stella. Ficou preocupada de como outros artistas do projeto aceitariam o fato de um ator inexperiente como Eduardo ser a Blanche. Acontece que teatro é uma arte generosa.

No teatro aceitamos todo tipo de pessoas, experientes ou não, ela pensou. E depois a produção era do Eduardo, contatos e dinheiro era o que ele mais tinha.

③ O FOGUETE

Eduardo no primeiro ensaio, logo se apresentou ao elenco e os outros profissionais do espetáculo como sendo Duda.

Luísa mal podia acreditar no que via naquela primeira leitura, Eduardo, ou agora Duda, não tinha absolutamente nada daquele canastrão que ela havia conhecido anos atrás. Aquele homem vestido de mulher lia as falas de Blanche esplendidamente.

E assim seguiu nos outros ensaios. Duda estava radiante e em poucos dias ele, ou ela, estava à frente do elenco. Era como se Duda já tivesse feito a peça e os outros estivessem entrando agora.

O porteiro do prédio não reconheceu Eduardo, mas também agora Eduardo não mais existia, foi o que Duda explicou ao homem. Agora quem mora aqui sou eu, Duda, atriz e produtora cultural.

No clube, onde a entrada era feita por reconhecimento facial, Duda não teve dificuldades para entrar. Mas sentia que não tinha mais nada a ver com aquele lugar.

A família estranhou muito a nova aparência de Eduardo ou de Eduarda, ninguém mais sabia como se comportar, a não ser uma sobrinha que adorou a "nova" tia. Era irrelevante gostarem ou não dela, a sucessão já havia sido feita e Duda tinha agora total controle sobre suas finanças.

A assessora de imprensa conseguiu colocar Duda em destaque em vários veículos e, depois da estreia, com a casa sempre cheia, Duda foi convidada para dar entrevistas e aparecer em tudo quanto é programa de televisão, rádio ou YouTube.

Duda carregava Luísa para todos os lugares, os dois agora eram uma mistura de amigas e amantes.

Acabou indicada para vários prêmios e ganhou quase todos. Melhor atriz, melhor atriz revelação, melhor atriz coadjuvante, esse último o mais estranho, porque o espetáculo era a Duda, ou a Blanche da Duda.

Rodaram o Brasil, e Duda conheceu produtores culturais por todo país. Foi quando ela teve a ideia de fazer um festival brasileiro de teatro para todas as pessoas como ela e Luísa, que eram atrizes, mas não conseguiam se bancar com a arte.

Arrumou várias empresas parceiras e no ano seguinte o festival foi mais do que um sucesso. O próprio prefeito de São Paulo compareceu e disse que o festival seria agora parte da agenda da cidade. Hotéis cheios, teatros cheios, festas e festas e todos se espantavam com a rapidez que a carreira de Duda se desenrolava.

Duda resolveu então fazer um show como cantora, escolheu um repertório de jazz, e acabou na maior casa de jazz de São Paulo, onde era aplaudida por minutos. De lá foi se apresentar no Rio, depois Buenos Aires, Paris e, finalmente, Nova Iorque. Luísa, agora sua assistente, a seguia por todo lado.

Comprou uma marca de roupas femininas e passou a ser a estilista da marca. O primeiro desfile foi mais um sucesso, toda mulher queria as estampas de Duda.

Teve convites para entrar na política, mas recusou todos. Seu novo projeto era agora dirigir uma ópera.

Faria *Carmem*, no Teatro Municipal de São Paulo, uma montagem bem contemporânea com carros e caminhões no palco. Uma equipe com centenas de pessoas.

Duda testou 500 cantoras brasileiras e estrangeiras até ela mesma decidir que faria *Carmen*. Depois de meses de ensaio, o *Lincoln Center* de Nova Iorque entrou em contato. Queriam que a estreia de *Carmen* fosse lá.

Viajaram para Nova Iorque fecharam um hotel inteiro para a equipe, o mundo todo da ópera foi para a estreia de Duda. Depois de vários ensaios gerais, finalmente, as cortinas se abriram e uma luz forte e quente bateu na cara de Eduardo e uma voz perguntava se ele estava bem.

Deu-se conta de que havia dormido na calçada em frente a uma boutique na região da Oscar Freire, no bairro dos Jardins, em São Paulo.

Foi até uma padaria e pediu um café preto e pão com manteiga na chapa. Já não mais lembrava do sonho que tivera dormindo ali no chão.

④ O ENCONTRO

Nesse mesmo dia foi ao clube almoçar e lá encontrou seu amigo Vinícius. Pegaram uma mesa próxima a piscina. Sentaram-se juntos. A conversa ia devagar, assim como a tarde de sol.

Os dois amigos não tinham mais compromissos naquele dia a não ser almoçar e jogar conversa fora, para onde pretendiam viajar, quem tinha morrido, qual restaurante novo havia aberto, como o bairro estava mudando com tantos lançamentos imobiliários e quem tinha se divorciado.

Depois, Eduardo seguiu para a livraria. Enquanto folheava alguns livros uma menina o abordou.

Na verdade, não era tão menina, embora fosse muito formosa. Era a vendedora e perguntou se procurava algo em particular. Ele disse que queria ver a seção de teatro. Chamava-se Luísa e havia morado na França.

Ela o levou até a pequena prateleira de teatro. E um livro estava ali fora de ordem. Os dois pegaram o livro ao mesmo tempo. Sorriram e Luísa disse:

"Amo o *Bonde Chamado Desejo*, meu sonho era fazer a Blanche".

Eduardo acabou conseguindo o contato da vendedora, que mais tarde descobriu ser atriz. Ele a convidou para jantar, e, durante o jantar perguntou se ela não queria fazer o *Bonde*. Os olhos dela brilharam. Ele explicou que tinha recursos, que era um ator frustrado e o que mais queria na vida era produzir aquela peça.

Meses depois, *O Bonde Chamado Desejo*, com Luísa Edeltraud e produção de Eduardo Sampaio do Amaral estreava num teatro off no centro de São Paulo.

Com pouco público, pouca presença na imprensa e nenhuma crítica relevante seguiram uma temporada sem grandes turbulências. Muita gente da pequena plateia estava interessada em Tennessee Williams.

Eduardo e Luísa estavam vivendo o período mais feliz de suas vidas. Agora se sentiam preenchidos por sua existência.

Estavam no mundo cumprindo sua missão, fazer arte. Eram uma dupla invencível.

Um ano depois, quando Eduardo já estava casado com Luísa, recebeu a notícia: Vinícius, seu amigo de almoços, havia se matado.

A GRANDE CHANCE

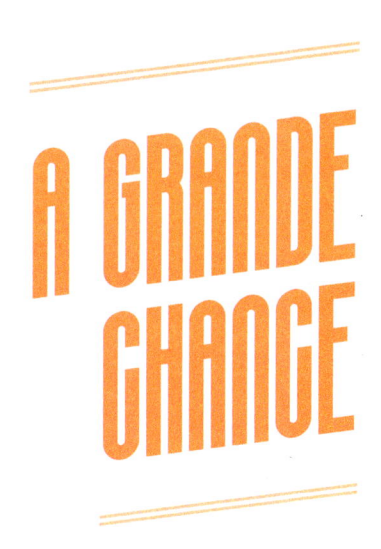

Estávamos numa dessas cantinas que vivem de servir refeições pela metade do preço para artistas de teatro. O lugar, Bonelli's, fica no Baixo Augusta, uma região que de quatro em quatro anos promete se revitalizar, mas acaba vivendo da nostalgia dos tempos de ouro que duraram até o final dos anos 1970, de lá para cá foi ladeira abaixo. Cada prefeitura nova ou mesmo as que se reelegem, sempre naufraga na tentativa de tornar aquele centro de São Paulo algo esplendoroso novamente, como no auge dos anos 50.

O teatro acompanhou essa decadência. O que antes eram salas de 400, 600, às vezes, até de 800 lugares com uma programação que ia de terça a domingo, sendo duas sessões aos sábados e domingos, tornaram-se locais com infraestrutura precária, malcheirosos, com ar-condicionado antigo e barulhento, carpetes e poltronas desgastadas, tudo datado. Diferente de NY, isso não dava charme e sim espantava o público de classe média e classe média alta, que preferia outros passeios e programas em bairros como Vila Madalena, Itaim e Pinheiros.

Bonelli's servia filés parmegianas com fritas e arroz ou massas moles e peixes com legumes também moles boiando na manteiga. Luz branca em algumas praças de mesas, os garçons nos conhecem ali pelos nomes, alguns têm 20 anos de casa ou mais, desde quando o lugar ainda não havia saído totalmente do circuito gastronomia-badalação.

Hoje, a esquina Bonelli's na Augusta com a Jairo de Castro, tem um boteco frequentado por garotas de programa e trabalhadores, animados por música sertaneja.

Creio que praticamente todo o público na cantina naquela noite era da classe teatral. Saíamos todo sábado após o nosso espetáculo e íamos lá jantar, acabávamos, eu e o elenco, encontrando outros atores, diretores e produtores pelas mesas.

Nessa noite, apenas eu e Flávio Lima, outro ator que fazia o espetáculo comigo, fomos à cantina e nos sentamos com o elenco de outra peça, conhecidos que já haviam trabalhado com Flávio.

Nesses lugares além do preço em conta e uma atmosfera decadente, também é possível se manter informado de como está o mercado e trocar informações de testes e de novas produções, tentar convidar, ou ainda, ser convidado para novos trabalhos.

Soube por um casal de atores na mesa, Paulo Maia e Tatiana Nunes, que Beto Braga, um antigo ator e diretor de teatro, que acabou indo para o Rio trabalhar como produtor de elenco para TV, estava de volta a São Paulo e chamando atores para testes.

Esse casal já tinha estrada, e alternava trabalhos de cinema, teatro e televisão. Já eu que agora estava com mais de 40 anos só havia feito teatro na minha vida, alguma publicidade, umas poucas figurações em cinema e dois curtas universitários. Sim, dois curtas. Num deles, fui protagonista. Me senti uma estrela. Gente de cinema, muitas vezes, ainda mais quando estudantes, não tinha experiência com atuação e só me elogiavam.

Aliás, eu precisava achar aquele curta, não sei onde guardei ou se está na internet.

Tatiana e Flávio me convenceram que eu tinha tudo a ver com televisão e que quanto mais demorasse para acontecer, ficar conhecido do grande público, mais difícil seria.

Você é supercontido, tem tudo a ver com audiovisual.

Sempre posterguei a coisa de ir para televisão, não sei se por insegurança ou porque emendo um trabalho de teatro no outro, seja infantil, adulto, comédia, produção independente ou na minha companhia de teatro, formada por ex-colegas da escola de teatro.

Há vinte anos, temos uma sede na Rua 18 de Outubro, no Bixiga. Mas já fizemos muitos espetáculos nos vários Sesc, de São Paulo, e viajamos pelo interior. Na companhia, nenhum de nós foi para a TV. A maioria virou professor ou segue numa carreira universitária, mestrado, doutorado e são contra teatro comercial, o tipo de produção em que estou agora, se é que ainda existe teatro comercial. Muita gente chama de Teatrão. Um termo forte, eu sei.

Me deram o contato do Beto Braga, que eu conhecia por termos amigos em comum. Nunca chegamos a jantar ou a sair, no entanto, só uma vez, numa estreia de cinema, conversei com ele rapidamente. Fiquei o restante da noite fingindo que prestava atenção nas piadas, outros dois atores conhecidos se juntaram à mesa.

Comecei a imaginar o que atores de televisão estariam fazendo naquele sábado à noite, provavelmente em festas no Rio, no Leblon e Ipanema, ou em restaurantes caros nos Jardins, comendo de graça e tirando selfies com os fãs.

E eu ali, morando no centro de São Paulo, sempre pedindo dinheiro emprestado para a família, sem conseguir levar uma garota para jantar, sem viagens internacionais no fim de ano, com um futuro incerto e uma lista sem fim de perrengues, dos quais poderia levar uma noite inteira falando.

Só que, para falar a verdade, nada disso me deixava ansioso, porque eu amava o que fazia. Meu trabalho era o melhor trabalho do mundo. Para mim, atuar era como usar uma droga e eu era viciado.

Acontece que me faltava o reconhecimento, algo que fizesse minha família ter orgulho de mim. Ser alguém com quem as mulheres quisessem se relacionar independente de eu ter ou não dinheiro. Um grande artista pode se dar ao luxo de não ter dinheiro. Mas eu era um grande artista? O tempo estava passando e nos planos do passado, nessa altura da vida, depois dos 40, já deveria ser um ator renomado.

Uma ansiedade começou a tomar meu corpo, no táxi pra casa pensei em ir para um bar, onde o povo esticava a noite. Decidi ir para casa mesmo, afinal, amanhã eu teria espetáculo.

Cheguei em casa, tomei um Rivotril, liguei a TV e adormeci.

No dia seguinte, um domingo, logo que acordei fiquei elaborando um texto para convidar o Braga para nos assistir no teatro, ou melhor, me assistir. Mas para não ser direto escrevi que ele iria adorar o autor inglês contemporâneo que estávamos encenando e ainda falei que o Eduardo Cury estava no elenco.

Nem era um espetáculo de grande produção. O Edu era o único ator mais conhecido, mas não a ponto de ser reconhecido na rua e, tampouco sofisticado para ganhar prêmios, mas é o que eu tinha para vender.

Para minha surpresa, Beto respondeu imediatamente, disse que ele e seu sócio iriam, sim, naquela mesma noite.

Mal consegui comer o que chamamos de brunch, tomei muito café e percebi que estava cada vez mais ansioso, no caminho do teatro sentia como se fosse ter um ataque de pânico.

Será que haveria público? Não queria que Beto pensasse que eu estava na pior. Era um domingo calmo. Geralmente, as tardes de domingo me dão moleza, mas, ao contrário, nesse dia eu estava agitado com os braços formigando, falta de ar e muito calor.

Cheguei uma hora antes no teatro, a apresentação seria às 19 horas. Foi aí que soube da bomba. Edu Cury pegou uma publicidade que seria filmada num restaurante chique naquela madrugada, mas ainda não tinha certeza da hora em que deveria chegar à locação e, conforme fosse, não iria fazer a peça.

O produtor estava puto da vida, mas Edu foi irredutível, alegando que a produção arrecadava praticamente nada e que ele tinha contas a pagar. Provavelmente já sabia que não iria aparecer, mas ia informando o produtor a conta gotas: "O gato subiu no telhado..."

Finalmente, faltando 20 minutos, Edu comunica que não iria. Fiquei desesperado. O que fazer? Pensei até em fugir, porque não daria mais tempo de avisar o Beto. Tive um ataque de vertigem no camarim e achei melhor desmaiar mesmo. Fechei os olhos e me deitei no chão.

Minutos depois, acordei com Flávio me chamando. Não tinha dado muito público, umas 30 pessoas, algumas foram reembolsadas, outras voltariam semana que vem e grande parte era de convidados da produção.

Antes que eu pudesse perguntar, vi uma mensagem do Beto no meu celular, dizendo que lamentavelmente não conseguira vir, mas marcando de tomarmos um café na quinta-feira, na televisão e conhecer um diretor de novelas.

Graças a Deus! Ainda bem que eu não mandara mensagem. Confirmei na quinta-feira às 15 horas, nos estúdios da TV, em São Paulo.

Foi uma espécie de alívio, seguido de mais formigamento nos braços. Agora tinha muitas questões para resolver até quinta, como o cabelo, a roupa, o que iria falar.

Realmente, com a falta de profissionalismo do Edu, passei a me achar trouxa, ingênuo, dedicar minha vida de corpo e alma para o teatro, uma obra de arte coletiva. E um colega dá preferência a uma publicidade de banco? Mas também, onde estava o público?

Nessa noite, segui para um bar também frequentado pela classe teatral. Encontrei Nando, um colega ator, nos conhecíamos desde escola de teatro, há mais de 20 anos. Sentei-me com ele, estava trabalhando já há algum tempo como produtor de publicidade. Estava feliz, disse que agora tinha algum dinheiro, trabalhava alguns dias seguidos, às vezes, quando estava num "job" virava a noite sem dormir, ou dormia só umas três horas por noite. Depois folgava alguns dias até um novo trabalho aparecer.

Sei de colegas que fazem de tudo, não diria nem que é um plano B, e sim desespero por sobrevivência. Festas infantis, corretagem de imóveis, vendedores de qualquer coisa e, claro, aulas de interpretação para leigos.

Aquela conversa com Nando me deu mais vontade e energia para a entrevista, digo, conversa, que eu teria com Beto e o tal diretor na quinta. Eles iriam ver que eu tinha vontade e que nunca me desviei do meu ofício. O que era verdade. Fato é que depois dos 40 anos a maioria dos atores desiste. Mas eu não desisti como Nando e tantos outros.

A verdade é que Nando jamais iria conciliar sua agenda de produtor de filmes publicitários com a de espetáculos teatrais. A que horas ele iria ensaiar? E como iria se apresentar se estiver filmando sem dormir?

Depois, em casa, não conseguia dormir. Fiquei dando voltas a pé no quarteirão de casa, estava com falta de ar e sem sono. Liguei para a minha ex-namorada e contei que estava tendo uma crise de ansiedade. Não estávamos mais juntos há três anos, mas como segurei algumas crises dela quando estávamos juntos ela se sentiu no dever de ir até minha casa.

Me acalmou e ficamos ouvindo música e conversando. Abri a janela e fui relaxando até dormir.

Quinta-feira veio. Não sei se é algo que acontece mais nas artes, mas sempre acreditamos na ideia de que teremos a "grande chance" que mudará nossas vidas. Como se aquela tarde, no tal café que eu tomaria com o Beto, fosse um divisor entre antes e depois da fama.

Muito, também, pelas entrevistas que vemos e lemos das celebridades, que sempre dizem coisas como: "A minha grande chance veio no dia em que fulano me chamou para fazer a novela X..."

Passei pela portaria dos estúdios sem grandes problemas. Dei meu nome que constava lá e me indicaram o número de uma sala, onde me aguardavam. Depois me mostravam um caminho que passava pelo estacionamento, eu havia ido de táxi.

Achei o lugar, onde nunca havia estado, sem vida. Carros e mais carros debaixo do sol, um lugar sem árvores, sem grafites nada que não remetesse a uma fábrica.

Depois de passar por uma porta larga dei num enorme corredor também largo e sem janelas. Não lembro de ter visto ninguém passar, acho que entrei numa sala e pedi informações, mas a pessoa que falou comigo também não tinha a menor ideia de onde era. Acabei encontrando Beto numa porta, me esperando.

Me cumprimentou com um sorriso. E eu tentei ser o mais espontâneo e humilde possível. Era uma sala com paredes tomadas por mensagens e lousas com dois sofás e muitas almofadas coloridas. Nenhuma janela.

Como eu disse no estacionamento parecia uma fábrica ou no máximo um shopping sem charme, ou uma dessas faculdades projetadas por um péssimo arquiteto.

E agora dentro da sala, um desses lugares que publicitários ou gente sem imaginação acreditam ser um local de criação e fantasia.

Em cinco minutos percebi que não viria mais ninguém, aquele lugar agora parecia uma sala de interrogatório de delegacia, o que no fundo era uma boa analogia.

Beto, provavelmente, queria saber se eu era suficientemente pró-sistema e nada rebelde para trabalhar naquela produção em série.

Aos poucos, ele foi perguntando da minha vida profissional, com quem havia trabalhado ou deixado de trabalhar, se estava pronto para trabalhar horas e mais horas em equipe, e se estava disposto a seguir orientações, ordens e ter disciplina.

Depois me contou do seu primeiro teste para televisão, do quanto ficou nervoso e com isso disparou a falar da vida dele.

Em determinado momento, ele me pediu um vídeo book com meus trabalhos, sim, eu tinha. Mostrei o site para ele, que apenas anotou o endereço, não assistiu.

Depois disse que iria ver com calma, em casa, com quem eu poderia trabalhar. Onde poderia me colocar. E que assim que tivesse decidido iria me contactar.

Finalmente, me chamou para fumar um cigarro lá fora numa porta lateral, realmente, o cara era bom em tirar a tensão e o clima de entrevista de emprego. Não falamos de salário nem nada. Ele começou a contar as experiências de vida, e a coisa toda virou um bate-papo, naquela tarde, fim de tarde.

E ouvindo aquele cara que se dizia um artista, que fora um artista, um ator, diretor sei lá, mas que hoje era um zumbi, entrevistava pessoas superficiais e sorridentes extremamente falsas para fazer parte das produções de seriados, novelas ou o nome que você, leitora ou leitor, queira dar.

O sol caindo, aquele homem falando, falando de artistas de teatro com quem dizia ter tido intimidade, a luz dourada do fim do dia. Senti algo tão bom. Uma paz.

Terminei a conversa antes dele me dispensar. Senti que ele ainda queria ficar lá e ter com quem conversar até a hora de ir embora. Já no táxi, parado no trânsito na marginal, eu sorria feliz.

A vida foi muito boa comigo. Ainda bem que nunca fiz televisão. Cada dia naquele lugar teria sido um dia a menos na minha vida.

ELA, A GAROTA DA PORTA AO LADO

1

Era quase noite quando ela parou num quiosque no Leblon. Mais ventava do que chovia e o mar estava de ressaca. Ela pediu uma caipirinha. Havia apenas outra mesa de quatro pessoas ao seu lado. Eles falavam de pessoas famosas.

Ela não era exatamente famosa, mas convivia com pessoas famosas. Seu namorado era uma celebridade. Ela não. Olhou o relógio e viu que estava quase na hora.

Pagou a caipirinha e foi andando pela orla até o hotel. Luís Jorge já a esperava no hall do hotel. Era vocalista da banda *Love Laila* e tinham sido apresentados na noite anterior, no show do namorado dela, Rique Fernandes, baterista dos *Oswaldianos*.

Ficou com vergonha de dizer que era atriz, de não ser famosa, nem conhecida, então na hora do desespero disse que era figurinista. Jorge Luís talvez não soubesse que ela era comprometida com Rique, ou talvez pensasse que ela era uma das modelinhos sempre disponíveis para os músicos famosos.

Luís Jorge já estava no hall e a levou para o bar do hotel. Ela já estava ficando alta e começou a trocar a ordem dos nomes do rapaz, Jorge

Luís. Na realidade, ela não gostava do som de nenhuma das bandas, nem da dos *Oswaldianos* e menos ainda dos *Love Laila*.

Quer saber? Aquele papo de figurino estava ficando chato, óbvio que o garoto queria era transar com ela e não ouvir dicas de moda. Só que, quinze minutos depois, ela começou a estranhar que o Luís Jorge não estava tomando iniciativa nenhuma. E a coisa ficou mais estranha ainda quando ele passou a mostrar fotos das suas roupas e quis discutir estilo com ela.

"Olha vou falar a real, eu não sou figurinista."

"Não importa. Também não sou cantor."

"Como assim?", ela quis saber.

"Eu sou ator que nem você. Entrei nessas de cantar para fazer um dinheiro para pagar minhas contas. Nunca pensei que daria em alguma coisa, mas foi acontecendo e, de repente, de um ator anônimo virei um cantor nacionalmente conhecido."

"E o que você quer comigo?"

"Conversar. Você já jantou?"

Foi nessa hora que parou, olhou bem para o Luís e se sentiu em casa. Aquele cara era um ator frustrado como ela.

E, no meio do jantar, no próprio hotel, ela foi saindo daquele tédio e depressão que a perseguiam há semanas. Luís Jorge foi um verdadeiro cavalheiro, quis saber do que ela gostava em termos de teatro, companhias, dramaturgos, quais filmes curtia e deram boas risadas.

"Podemos ir ao teatro qualquer hora dessas?"

Como ele percebeu que ela ficou sem responder, emendou:

"Para pesquisa de figurino."

"Sim podemos! Tem uma peça aqui no Rio que quero ver amanhã, até quando vocês ficam?"

"Ainda ficamos mais uns dias. Combinado, então. Me mande o nome da peça e eu compro os ingressos."

Já no táxi, ela realmente se deu conta que estava ficando a fim do tal do Luís, mas ela namorava o Rique. Ela iria mandar uma mensagem dizendo que não iria ao teatro com o Luís.

2

Acabou voltando para São Paulo com Rique, que ficava feliz desfilando com ela em eventos, festas e shows. Ninguém queria saber dela, quando conversavam com ela era para saber da vida de Rique.

Mas Luís Jorge continuou insistindo e novamente ela o encontrou. Desta vez, iniciaram um caso. E algumas semanas depois, terminou o relacionamento com Rique e oficializou o namoro com Luís Jorge. Claro que a coisa toda foi amplamente divulgada em tabloides e sites de fofoca. Todos falavam do triângulo amoroso na música.

Foi nessa época que entrei na história. Me convidaram para dirigir uma peça, e, adivinhe, ela era uma das atrizes. Quando dei por mim, estava completamente apaixonado.

Ela tinha uma maneira diferente de trabalhar, era uma atriz que não entrava na personagem, ao contrário, era a personagem que entrava nela. Logo, sou obrigado a confessar que ela não era uma boa atriz, mas tinha outra coisa, por onde passava, seduzia a todos.

Depois da estreia, me avisou:

"Leo estou te deixando".

Não vou dizer que não liguei, fiquei na época arrasado, voltei a beber e sair. Depois de alguns meses que a peça já havia terminado, li a notícia que ela estava namorando um astro do futebol internacional.

Do pouco que convivi com ela, percebi que ela desprezava todos, mas todos se encantavam com seu poder de ser uma moça normal, que poderia ser, como dizem os norte-americanos: "A garota da porta ao lado".

Sebastian Bill, o jogador Argentino, saiu do treino e seguiu para a linda casa em Barcelona.

Ela, junto com a cozinheira, havia preparado o que ele gostava: salmão e batatas. Dessa vez, ela queria engravidar e, quem sabe, depois fazer um filme ali em Barcelona. Estava feliz, Sebastian, pensou, era o amor da sua vida.

E podiam ir sempre à ópera, a sua mais nova paixão. Como era bom ópera!

O sonho terminou ali mesmo. Sebastian ao sair do carro já em frente à casa, deu um beijo nela, que o recebia ali, na porta, entre as árvores da rua tranquila. Viu o homem sacar uma pistola e mirar. Ela pulou para dentro e fechou a porta. A cozinheira ligou para policia assim que ouviu o tiro. Sebastian foi baleado e morreu no local.

O autor do disparo não fugiu. A polícia conseguiu capturá-lo sem gastar energia.

Na delegacia, ele confessou o crime. Estava apaixonado por ela e não suportou ser rejeitado.

Não era nenhum anônimo, era Juan Pedro Caballón, o maior tenor espanhol contemporâneo.

Durante um tempo parou de ir a jogos de futebol e evitou óperas.

Depois, mudou-se para Paris, com o príncipe da Espanha.

O FILME

1 CHEGADA AO RIO

Uma vez ouvi de um ator veterano a seguinte frase: "O trabalho do ator é arrumar trabalho". Para mim a frase não vale só para atores, vale também para todos envolvidos na indústria do cinema.

Talvez não para os motoristas, ou para aqueles que cuidam da alimentação no set de filmagem, ou os que carregam o material. Todo o resto é bem apaixonado pelo que faz, desde figurinistas até maquiadores.

Sou roteirista, mas confesso que escrever, mesmo sendo um trabalho, é algo que continuaria a fazer mesmo que ninguém me pagasse. Esse roteiro em especial foi uma delícia escrever, mas lá se vão anos tentando de fato realizar esse filme, vender o roteiro.

O triste é que a partir do momento que o roteiro é vendido, o produtor que comprou pode e vai fazer tudo que acha necessário para "melhorar" comercialmente o roteiro.

Já escrevi um drama em que o diretor e seu sócio produtor destruíram o roteiro, transformando um drama lindo numa comédia sem delicadeza alguma e de baixo, baixo nível. Disseram que era para atrair um público mais jovem.

Se aquele filme em que não me reconheço ficou ou não engraçado, pouco me interessa, o fato é que não vi minha obra na tela, e sim uma adaptação burra do que havia criado.

Por isso, agora sempre estou alerta. Antônio Lopes Vieira era um produtor muito sofisticado e parecia ter gostado mesmo do roteiro, na primeira reunião não mostrou resistência em relação às minhas sugestões de atores. Fechamos com a escolha de Irina Castro para protagonista.

Irina tinha 34 anos e estava no seu auge, atuava em peças maravilhosas e já havia feito pequenos papéis em duas séries de streaming, nas quais brilhou. Estava mais do que na hora dela acontecer para valer, quem sabe até se lançar como atriz internacional. Verdade que embora fosse sublime na sua arte, Irina não era exatamente conhecida do grande público. Suas redes sociais tinham o número de seguidores de uma pessoa comum, um pouco mais que a média, mas nada extraordinário.

Irina, em absoluto, era uma pessoa apaixonada por mostrar sua vida pessoal, ela até tentava, mas era mais artista do que animadora de auditório, logo suas postagens não tinham engajamento, muitas vezes passavam despercebidas e outras eram só terapia da própria Irina e os seguidores mal compreendiam. Irina não comunicava muito.

Acontece que já havíamos feito a leitura do roteiro com André Jacques, o diretor, e ele disse que tinha adorado a Irina. Acontece também que Toni me ligou e disse que eu tinha de ir ao Rio para conversarmos sobre o elenco.

Não sou ingênuo e nem mimado e sei que numa arte coletiva, como cinema, temos que ceder. Acontece que eu não ia deixar novamente esse projeto terminar como o outro, no qual mal me reconheci.

Não me iludi, sabia que se não fosse sobre a protagonista, Toni iria me contar da mudança pelo telefone, mas quando ele disse que teríamos de discutir pessoalmente uma alteração de elenco, claro, era trocar a Irina por outra.

Só que a confusão já estava feita, desliguei o telefone e olhei para mulher ao meu lado na cama. Sim, leitor, você foi rápido, a mulher ao meu lado era Irina.

Estávamos namorando e eu estava totalmente apaixonado por ela. Sempre fui fã, por isso, quando escrevi o roteiro era nela que pensava.

Manter agora Irina no elenco não era mais só uma questão de ser fiel a mim mesmo, mas também de não trair Irina. Ela já havia recusado outros trabalhos porque tudo estava totalmente combinado.

Acontece que algumas pessoas têm mais palavra do que outras.

Como era uma reunião de última hora, não tinha passagem aérea e fui de carro de São Paulo para o Rio, ao meu lado foi a Irina.

Chegamos no final da tarde, no dia seguinte, seria a reunião.

Pegamos um hotel em Copacabana com estacionamento. Era um lugar três estrelas, mas eu achava ótimo. Subimos com as malas, tomamos banho e saímos para jantar.

Levei Irina para jantar num árabe excelente que conhecia. A noite corria bem. Combinamos de ir ao teatro, estava passando Tennessee Williams na cidade.

Ela adorou o jantar, principalmente os doces sírios. Voltamos andando pelo bairro. Copacabana é, talvez, o bairro mais democrático e mais cosmopolita do Brasil.

Tem de tudo lá, turistas estrangeiros, empresários, crianças, velhos, pobres, profissionais liberais, trabalhadores, artistas, criminosos, prostitutas, esportistas, enfim, de tudo.

Paramos para tomar uma cerveja num tradicional bar de Copa, numa esquina. Ainda ouvimos um samba, falamos do nosso filme. Eu estava tão leve que passei a acreditar que a reunião não seria nada demais, seria algo apenas para dar um outro acerto, e esse negócio de trocar a protagonista era só paranoia minha.

No hotel, nos beijamos e depois Irina se despiu. Ela era uma mulher bonita comum, se é que beleza pode ser comum. Mas o que quero dizer é que Irina tinha altura média, um corpo bem simétrico, uma bunda interessante e seios normais. Seu segredo estava em ser, apesar de "comum", extremamente charmosa e engraçada.

Irina era a namorada que todo cara gostaria de ter, nem muito feminina e tampouco masculina.

Conversava sobre qualquer assunto e tinha um gosto bem eclético para tudo. Por isso, talvez fosse uma excelente atriz. Poderia ser qualquer mulher, inclusive a protagonista do meu roteiro.

Irina tinha uma linda voz e era muito coordenada nos gestos. Nada tímida, mas tampouco uma matraca desagradável, às vezes, permitia-se ao silêncio.

Em cena, era enorme, talvez porque fizesse tudo com naturalidade, como se não estivesse atuando. Me disse que sempre quis ser atriz e cantora, e que nunca passou pela sua cabeça ser outra coisa.

Sentia-se bem quando estava ensaiando e trabalhando, era workaholic e extremamente dedicada.

No fundo, eu achava curioso como Irina encarava a profissão de atriz como uma profissão qualquer. Equilibrada, não usava droga nenhuma, só bebia cerveja e não tomava remédios.

E ainda para completar arrumava a cozinha, as roupas e me fazia massagens.

Achei melhor não ir dormir muito tarde. Acabei adormecendo, agora tinha certeza, Toni e Jacques não iriam trocar Irina, ela era perfeita para trabalhar, alguém que nunca daria problema.

Acordei no meio da noite. Eram duas da manhã e Irina não estava no quarto. Liguei no seu celular e ela atendeu bem rápido. Disse que tinha ido à casa de uma amiga, também atriz de São Paulo, que morava no Rio.

Estavam num grupo de atores ali perto, no Bairro Peixoto, e prometeu que logo voltaria para o hotel.

Acabei dormindo de novo.

② A REUNIÃO

A produtora de Toni ficava na Gávea. Uma casa dos anos 60 toda restaurada e cercada por árvores. Aceitei o café que a recepcionista me ofereceu. O céu estava todo azul, Irina disse que iria à praia e que depois nos encontraríamos para almoçar. Ela queria saber as novidades.

Laura, assistente de Toni, veio me chamar. Eu perguntei do que se tratava aquilo tudo, Laura e eu erámos velhos conhecidos, de uma mesma turma que anos atrás migrou do teatro para o cinema.

"Nada demais Paulo. A notícia até é boa. Vamos entrar e você vai ver."

Tentei mais uma vez, e aquela irmandade do teatro dessa vez falou mais alto. Laura me chamou para perto de uma janela e jogou a bomba.

"Prepare-se Paulo. Arrumaram uma outra atriz que vai substituir a Irina no projeto. Todos os produtores estão alinhados. Aliás, estão lá dentro babando."

"Como assim, Laura? Já não estava tudo decidido?"

Ela olhou para as árvores lá fora, depois me disse:

"Você sabe que as coisas funcionam assim."

Quando entrei na sala de reuniões, estavam todos batendo papo como em um recreio de escola, alguns sentados e outros em pé em volta de uma enorme mesa. Ninguém interrompeu a conversa assim que Laura e eu entramos. Continuaram como se nós não existíssemos.

Lá estava ela, me olhou e sorriu, depois continuou a conversar com uma executiva de streaming. Aquele pequeno contato de olhos e sorriso me fez ficar apaixonado por ela.

Lá estava ela, reconheci, claro, de imediato: Valentina Rizzi. Não era exatamente uma boa atriz, se aqui vamos definir o que é uma atriz, e aquela coisa de que todo personagem tem seu ator ideal para realizá-lo, e todos os clichês possíveis: "não existem grandes papéis e sim grandes atores" e blá, blá, blá...

Valentina era o que chamamos de craque, entra em campo e em cinco minutos marca gol.

Claro que com ela era muito mais fácil vencer um jogo. Mas é disso que se trata a arte? Agora eu seria o roteirista que escreve para Valentina Rizzi?

Não decidi ser roteirista para ficar rico, se essa fosse a intenção, eu tivera inúmeras oportunidades de seguir uma carreira no mercado financeiro, ou como advogado, ou até executivo de streaming, por que não?

Mas eu era artista.

Acontece que Toni e Jacques não haviam marcado aquela reunião para me convencer de que Valentina seria melhor escolha do que Irina.

Apenas marcaram uma visita de Valentina à produtora visto que ela agora faria um filme com eles.

Irina era totalmente descartável, já Valentina seria difícil de substituir. Com certeza seu cachê deveria ser de milhões e milhões. Só que um investidor não se importa de investir milhões se sabe que o retorno será ainda maior com Valentina, ou ainda, que não haverá retorno com Irina.

Toni me apresentou a todos, a assessora de Valentina foi muito simpática, mas Valentina e a executiva do streaming não pararam a conversa delas e nem me deram atenção.

Depois Toni e Jacques me comunicaram que o pesadelo não terminava ali, de que eu estava fodido porque teria de explicar à minha namorada que ela não faria o filme, mas tinha mais, queriam que eu rescrevesse muitas cenas e criasse outras.

Ou seja, meu trauma voltou, começava ali o fim do meu roteiro. Ainda me apresentaram uma jovem, menina de tudo, que disseram ser uma espécie de assistente para criar comigo diálogos.

Oi? Eu trabalho sozinho.

No final daquilo tudo, Toni me chamou para irmos almoçar.

Despedimo-nos de todos, e quando Valentina se levantou eu também fiquei de boca aberta, mulheres bonitas, já vi muitas nessa vida. A beleza sempre me fascinou. Mas Valentina era mais que bela, era como se todos estivessem olhando o tempo todo para ela, e estavam mesmo.

Laura resolveu ir almoçar conosco, eu não sabia, mas Laura agora era sócia de Toni, e aquela decisão tinha vindo 50% dela, ou será que até mais?

No almoço num restaurante na Gávea, abriram o jogo. Embora a crítica tenha amado os dois últimos filmes deles, tinham dado prejuízo e eles agora precisavam pagar os investidores com nosso novo filme. Me explicaram ainda que no meu contrato eu tinha porcentagem de bilheteria, logo, quanto mais dinheiro o filme fizesse, mais rico eu ficaria.

Eu até gostei daquilo, estavam quase me convencendo, só não me deram o principal: a garantia de que seria arte e não um caça-níquel.

Laura foi mais incisiva:

"Olha Paulo, você não tem muita escolha". E depois ainda emendou com essa:

"E você precisa começar a trabalhar num novo tratamento com a Giovana, aquela menina roteirista que é indicação do pessoal do streaming, para os diálogos ficarem mais jovens."

Só fiz foi devorar a sobremesa e nem lembro o que era.

③ DEPOIS DA PRAIA

Confesso que quando Irina voltou da praia e me encontrou no hotel, não tive coragem de contar que ela seria substituída por Valentina Rizzi. Fiquei pensando numa saída. Talvez aparecesse outro trabalho para Valentina, talvez Irina é que arranjaria outro filme.

Acontece que Irina já vinha recusando trabalhos menores porque tinha a certeza de que faria o filme. Eu não tinha o direito de segurá-la num trabalho em que já a tinham substituído.

Me faltava coragem não pela reação de raiva que Irina teria comigo, mas pela tristeza que sentiria. Como toda atriz que recebe um não depois de ter recebido um sim, seria um golpe baixo. Ela acharia que estava feia, que era ruim, que nem o mercado nem ninguém gostava dela, que estava na profissão errada.

E tudo aquilo era um absurdo, porque a verdade é que Irina era mais ideal para o papel do que Valentina.

Mas como explicar isso para ela? Irina estava tão contente, vinda da praia, dizendo que amava o Rio, que queria morar lá.

"Vamos ao teatro, hoje", ela propôs.

Mas quem estava entrando em depressão era eu, porque tinha colocado muita expectativa nesse roteiro, imaginava que ganharia prêmios em festivais internacionais, e finalmente, teria uma carreira sólida em cinema, mas agora acontecia o que tinha acontecido com o outro roteiro, tudo ia virando uma bobagem comercial, com uma atriz de quem em quinze anos ou cinco, ninguém mais nem se lembraria. Nem dela nem do meu filme.

Comecei a ter dúvidas de que Jacques fosse realmente capaz, afinal ele seria o diretor. Havia permitido a troca de atrizes. Ou será que foi ele quem quis?

Uma solução fantasiosa passou pela minha cabeça, e se eu e Irina matássemos Valentina?

Claro que esse delírio de desespero logo se foi, primeiro não teríamos nem coragem e nem maldade para tanto, e depois Toni e Laura acabariam arrumando outra atriz, também mais conhecida do que Irina.

O que eu podia tentar era falar com Valentina. Explicar para ela que o papel já era da Irina, talvez ela tivesse ética profissional.

Aquele calor do Rio já tomava conta do meu corpo. A cidade é linda, mas não temos paz no Rio, tudo remete a cinema e música, tudo é um maldito showbizz. Não temos sossego no Rio. E hoje à noite, Laura e Toni disseram que eu deveria ir à estreia de um filme e levar Irina. Logo, não teríamos como ir ao teatro.

E como eu vou levar Irina na estreia hoje à noite se eu ainda nem falei para ela que Valentina fará o filme no seu lugar?

Como num milagre, meu celular tocou, era a assessora de Valentina Rizzi perguntando se eu podia ir até a casa de Valentina conversar.

Por sorte, Irina estava no banho, saí do quarto e respondi que estava a caminho, para ela me mandar o endereço. Depois mandei um recado já do táxi para Irina dizendo que havia ido até a livraria.

❹ SEGREDOS DE VALENTINA

A viagem de táxi foi longa, cheguei à Barra da Tijuca num apartamento de frente para o mar. A assessora foi quem me recebeu, uma mulher simpática, nem séria, mas também nem muito aberta.

O lugar agradável, havia uma mistura de decoração em que se tentou fazer algo com status social, peças conservadoras, móveis caros, tudo envolto num toque mais pop, com quadros coloridos e pôsteres que faziam referência a filmes europeus e norte-americanos de autor.

Eu estava reparando nos poucos, mas interessantes, livros espalhados numa enorme estante em meio a livros de arte. Livros que falavam de interpretação, cinema e outros muitos romances e contos contemporâneos. Valentina surgiu lá de dentro sorrindo, perguntou o que eu queria tomar e pedi uma cerveja.

"Vamos tomar um espumante", ela disse.

Depois me perguntou se eu havia gostado de algum livro em particular. Para o meu total espanto, Valentina estava muito interessada na minha vida. E enquanto eu observava a praia lá embaixo, ela me falava coisas a meu respeito que havia pesquisado na internet.

Depois de falarmos de filmes e séries e diferenças entre Rio e São Paulo, Valentina me olhou nos olhos e disse:

"Paulo, eu fiquei tocada quando li seu roteiro. Vi nele a minha grande chance de provar que posso ser uma artista."

A partir daí, depois de ouvir sobre mim, ela começou sua narrativa. Me contou que era natural de São Gonçalo, cidade pobre da Baixada Fluminense, passando a Ponte Rio-Niterói, que por um motivo óbvio, não se chama Ponte Rio-São Gonçalo, e que eu nunca tive o prazer de conhecer, ao invés de virar para direita em direção ao Atlântico, vira-se à esquerda em direção ao fundo da Bahia da Guanabara.

"Existem pontos até bonitos em São Gonçalo, imagino?"

Valentina discordou, passou a infância entre Cabo Frio e São Gonçalo, depois conseguiu se mudar para Zona Oeste. Filha de costureira e pedreiro era quase um milagre ter alcançado aquele padrão de vida.

Todos sabemos que não existe mobilidade social e que as exceções são simplesmente para confirmar a regra.

Valentina era caixa em um mercado, tinha dezessete anos.

Foi uma tia quem disse: "Por que você não faz um teste para televisão? Você é tão divertida e linda, com certeza pode ser artista."

Essa palavra, artista, ficou na cabeça dela. Não se tratava de televisão, mas de ser artista. Cantora, pintora, escritora... Mas ela era tão pobre, e ser artista era coisa de gente rica.

Na primeira tentativa, é claro, Valentina travou. Ela não tinha técnica, não tinha confiança, não tinha nada. Poderia ter sido humilhante, não fora o fato dela ter amado pisar naquele estúdio e com aquelas luzes em cima dela.

No final, a diretora que fez o teste mandou parar tudo e disse que Valentina deveria fazer um curso e umas fotos, que com certeza conseguiria fazer publicidade.

Valentina convenceu um menino conhecido a fazer fotos dela. As fotos ficaram maravilhosas. Depois, pesquisando, Valentina descobriu as tais agências de modelos, que mandavam meninas para testes.

Teve que largar o emprego no mercado, porque tinha dois testes por dia.

Não demorou para descobrir um curso de atuação e pegar seu primeiro filme publicitário.

No curso, se apaixonou pela comédia. O professor resolveu montar com os alunos uma comédia de Molière, *Tartufo*. Logo vieram o segundo e o terceiro filme publicitário.

Valentina logo percebeu que era a sua sensualidade e beleza que agradavam, e não seu talento propriamente dito, mesmo porque era tão jovem e iniciante que não poderia ter ainda o tal talento.

Então, de repente, aconteceu algo terrível, embora fizesse muitos testes, não pegava mais comercial nenhum. Teve que voltar para o mercado. Estava feliz porque tinha tentado.

Anos se passaram. E ela já havia esquecido aquela coisa de ser artista. Mas aquela experiência a fez ter mais jogo de cintura, e Valentina se tornou promotora de eventos.

O trabalho, também conseguido através de agência de promotoras, era pago em diárias e, a cada dia, as meninas eram mandadas para um lugar da cidade.

Eram eventos corporativos, congressos e feiras internacionais, nesses lugares circulavam executivos, políticos e toda gama de homens e mulheres que ficavam fascinados por Valentina, agora com 24 anos.

Valentina não queria, e nem conseguia, fazer programas. Era de alma sensível, romântica e estava apaixonada por um surfista que, inacreditavelmente, não estava nem aí para ela.

Certo dia, num evento, Valentina conheceu Helena, uma garota que era atriz profissional. Helena tinha feito faculdade de Artes Cênicas. As duas se tornaram amigas, e Helena começou a levar a amiga para ver teatro na Zona Sul.

Helena apresentou Valentina para sua turma: artistas, atores de teatro, figurinistas e boêmios. A maioria gay. Aquilo divertia Valentina, estar entre homens que não a desejavam. Ela podia ser mais engraçada, fazia imitações e todos riam.

Não demorou para Valentina conhecer Dario, um amigo de Helena. O rapaz, também de 24 anos, que morava com a família em Ipanema, e acabara de terminar a faculdade de Letras, tinha escrito um roteiro e iria filmar um curta.

Quando Dario conheceu Valentina, teve certeza de que havia encontrado sua atriz.

Valentina confessou que estava insegura de fazer o curta com Dario. Mas Helena foi rápida em explicar para a amiga que ser artista não tinha nada ou, ainda, muito pouco a ver com ser ou não rica.

A bem da verdade, Helena jamais imaginou que um simples curta ficaria tão imenso. Esse primeiro curta de Valentina acabou sendo visto num festival de curtas por centenas de profissionais que não pararam de entrar em contato com ela.

Em poucos meses Valentina tinha feito mais cinco curtas, alguns ótimos e outros péssimos. Mas foi uma escola. Agora estava preparada e foi chamada para o teste de um longa.

No mesmo dia, recebeu o telefonema confirmando, o papel era seu. Depois do primeiro longa, Valentina tornou-se a queridinha do cinema nacional. Acontece que a televisão falou mais alto. Valentina tinha uma família enorme para ajudar, pais, irmãos, sobrinhos e tias.

Anos se passaram, Valentina era atriz de televisão e rica. E o meu roteiro caiu em suas mãos.

Então, depois de dez anos de carreira na televisão, ela via a oportunidade de mostrar ao mundo que era uma artista e queria minha ajuda para entender tudo sobre a minha protagonista.

Aquilo tudo me comoveu. No fundo eu sabia que Valentina não era a escolha ideal. Minha protagonista não era sensual ao extremo e nem era tão... como dizer isso, minha protagonista não era brega, e, mesmo tentando não ser elitista, tinha algo em Valentina, desde o sobrenome inventado, Rizzi, até suas curvas maravilhosas que não a faziam passar despercebida.

Minha protagonista era uma mulher comum que, embora bonita, não parava o trânsito.

Estava ficando tarde, e achei que já era hora de me despedir. A garrafa de espumante já estava quase vazia. O mar azul à nossa frente ia ganhando um laranja e cor de rosa ao fundo, enquanto o sol ia sumindo. Ela me olhou e disse:

"É nossa grande chance, Paulo. Esse filme pode entrar para história do cinema brasileiro."

Nos despedimos, ela me deu um abraço e não sei de onde me escapou essas palavras:

"Bem-vinda a bordo, fico feliz de estar fazendo nosso filme. Não poderia ter ninguém melhor do que você, Valentina, para esse trabalho."

No táxi, voltando, refleti sobre o que tinha acontecido. Aquela mulher tinha uma inteligência e sensibilidade únicas, talvez tivesse percebido que eu era a única ponta solta nesse filme, e me amarrou totalmente.

Agora, era coragem para contar a verdade para Irina.

5 ELAS TAMBÉM NOS ENGANAM

Irina não estava no hotel. Resolvi ir direto para o evento. Cheguei ao cinema dei meu nome e a recepcionista estava com dificuldade de encontrar na lista de convidados.

As pessoas atrás começaram a ficar irritadas, até que Laura surgiu falou com a recepcionista que me liberou. Todas as salas de cinema daquele shopping estavam reservadas para a estreia.

Entrei numa qualquer com Laura e nos sentamos em poltronas de couro gigantes e confortáveis. Como o filme demorava para começar, contei toda minha tarde para Laura.

"Como você é ingênuo, Paulo!"

Eu já estava irritado com tanta correria e tantas conversas, e, ansioso, perguntei, meio ríspido para Laura, onde eu era ingênuo. Laura, calmamente, me explicou que eu era um homem de classe média alta e não enxergava o óbvio: Valentina era uma garota de programa antes de se tornar atriz.

"Inclusive ela acha que você é gay. Acho que te chamou lá para ver se te seduzia, e acho que seduziu. Paulo isso aqui é trabalho, as pessoas com quem trabalhamos não são nossas amigas, nessa altura, você já deveria saber. Sei lá o que Valentina te contou, mas com certeza foi tudo para te agradar. Quer saber? Eu nem deveria te contar, mas ela acha o roteiro muito cabeça e tem medo de que o tal público dela não entenda muito, se é que ela entendeu. Com certeza, nunca leu um livro na vida."

Eu disse a Laura que ela é que estava sendo elitista agora.

"E, falando em atrizes, onde está Irina? Você já conseguiu falar com ela?"

"Irina sumiu, não sei onde ela está. Deve estar com as amigas atrizes de São Paulo."

O filme começou, era uma história chata de comunidade e tráfico de drogas passada no Rio. Aquilo de sempre: belas paisagens, luz maravilhosa, atores e atrizes super sensuais, sangue, sexo e música pop.

Enfim, a tal estética favela, que vem desde *Cidade de Deus*. No final, fiquei ao lado de Laura no coquetel, Toni acabou não indo. Falamos com um ou outro produtor, demos parabéns a algumas pessoas do elenco e da produção.

No final da noite eu e Laura fomos comer sanduíches, depois nos despedimos e segui para o hotel.

Irina continuava sem me retornar ou atender o celular. Comecei a ver uma série de televisão e acabei adormecendo.

Outro dia se passou e Irina continuava sumida. Não fosse Laura a me fazer companhia, acho que teria surtado.

Dois dias depois, Irina me mandou uma mensagem dizendo que havia reencontrado seu ex e que estava confusa em relação tudo. E, por fim, disse que era melhor nos afastarmos. Nunca mais a vi.

Valentina, nem preciso dizer, estragou meu filme junto com André Jacques.

O que na verdade foi bom, pude voltar à minha verdadeira vocação, escrever teatro.

Em São Paulo, eu estava com dificuldade em encontrar alguém interessado em produzir minha peça. Por desencargo de consciência, mandei o texto para a Laura, no Rio.

Uma semana depois, Laura me retorna e diz:

"Venha para o Rio, arrumei a equipe para fazer sua peça, produtor e elenco."

Peguei o carro e fui. Quando entrei na sala de reunião, qual não foi a minha surpresa. Estavam ali Valentina e Irina.

Valentina, acreditava que tinha uma dívida comigo porque havia amado ter feito meu filme e disse que iria produzir a peça do próprio bolso.

Irina, já casada, amou a peça e queria demais fazer.

Fechamos tudo ali.

Essa reunião foi há três dias. Saindo da produtora, fui abordado por Giovana. Uma jovem carioca, candidata a roteirista profissional, sim, leitor, você deve se lembrar dela, aí do meio da história.

Acabamos saindo, indo ao teatro, jantando e dormimos na mesma cama.

Giovana é como eu, não temos nada de especial.

Somos apenas escritores, aqueles nomes que ninguém nota na ficha técnica quando acaba um filme ou quando vão ao teatro.

"Ela estragou seu filme, Paulo."

"Eu sei."

Giovana sorriu e balançou a cabeça, foi ali que me apaixonei.

A MONTAGEM

1 A ATRIZ

Não existe antidepressivo mais forte do que ganhar um papel no teatro. Desta vez, eu faria Sonia, personagem da peça *Tio Vânia* de Tchekhov. Na visão do nosso diretor, a decadente aristocrática Sonia é uma mulher bonita.

Eu já fiz Ofélia. Não foi difícil entrar na Ofélia, mas fazer *Hamlet* me deixava exausta. O diretor de *Hamlet* estava mais preocupado com a estética, e com tantos atores, mais cenário, mais luz e tudo para resolver, confiou em me deixar criar a Ofélia bem solta, depois fez apenas uns ajustes e dizia que era uma Ofélia brasileira, mais latina.

André me viu fazendo Ofélia e achou que eu seria uma ótima Sonia. Nosso primeiro contato foi numa dessas padarias sofisticadas que fazem pães artesanais.

André queria deixar bem claro que nunca se envolve ou se envolveu com atrizes com quem já trabalhou.

Ele bebia café e eu acabei pedindo cerveja. Depois me arrependi da ousadia. Eu o estava seduzindo. Mas era algo mais forte do que eu, ou, ainda, força do hábito. Nós, atrizes, somos o tempo todo testadas e sempre tem alguém nos dizendo que são as mais carismáticas que pegam os papéis.

André parecia tão sério e preocupado em acertar o projeto, queria ter certeza de que eu era a atriz ideal. Me disse que de nada valeria ler a peça comigo, primeiro porque já me vira em cena e segundo porque *Tio Vânia* era uma peça difícil que leva tempo, não seria em alguns minutos que ele conseguiria saber até onde eu poderia chegar.

Já trabalhei com vários tipos de diretores, André é do tipo que não atravessa o texto. O que chamamos de "diretor invisível". Alguém que quer contar uma história, colocar em cena aquilo que o roteirista escreveu e não ter a vaidade de aparecer mais que o texto.

Alguns diretores estéticos chegam ao ridículo de achar que podem melhorar um clássico. Mas eu confesso que adoro os dois tipos de trabalho. Afinal, os clássicos já foram montados tantas vezes, qual é o problema de dar uma visão pessoal e contemporânea para aquilo?

Mesmo que sua opinião no final não resulte um acerto. Arte também é um ambiente de erro. Não existe artista que só acerta.

Foi uma delícia de encontro. Sai de lá muito animada. É muito bom quando existe uma química com as pessoas com as quais vamos trabalhar. É meio batido falar essa palavra, né? Química. Me contou do elenco por alto; achei todas as escolhas ótimas, conhecia todos, menos o ator que faria o Astrov.

Nos despedimos na calçada. Ele disse que o produtor me avisaria da primeira leitura.

Nunca me senti atraída por nenhum diretor. Mas também confesso que nunca tive um diretor assim... bonito como o André.

❷ O DIRETOR

Tio Vânia foi uma peça que sempre quis montar. Há uns 20 anos, quando ainda queria ser ator, montei *Pequenos Burgueses,* do Gorki, na formatura da escola de teatro. Logo depois, participei dos ensaios de uma montagem do *Jardim das Cerejeiras*, do Tchekhov, que nunca chegou a se realizar.

Desistimos antes de estrear. Mas foi através desses dois autores que descobri o universo do teatro russo e da literatura também. *Tio Vânia* em especial, gosto demais. Acho parecido com a nossa realidade do Brasil. A sociedade agrária, a desigualdade da Rússia pré-revolução, o professor e sua mulher, Helena, que vêm de São Petesburgo para a fazenda, me lembram São Paulo e Mato Grosso.

Mas quero fazer uma montagem fiel a Tchekhov e quero que a plateia faça suas próprias pontes e descubra as similaridades com a gente, Brasil de hoje.

Minha maior preocupação era arrumar um ator para fazer o Vânia, porque é a partir dele que a peça irá ganhar ritmo e ter uma cara. Não precisa ser um grande ator para um papel, se é que existem grandes atores. Na minha opinião, só existem dois tipos de atores, os que estão na profissão errada e os atores.

Claro que é necessário um rosto conhecido para vender o projeto. Mas o principal é encaixar um ator num personagem, como se aquele ator tivesse nascido para aquele papel, e Marcos Fentini era esse ator. Fentini será um Vânia magnífico.

Quando cheguei no momento de escolher a Sônia, fiz uma lista enorme de possíveis atrizes. Uma de corpo bonito e rosto feio, outra super charmosa, mas não atraente, outra ainda tímida demais.

Foi quando Silvia veio à minha cabeça. Eu a tinha visto fazendo Ofélia, não era nada espetacular, mas segurava bem, não gostei da montagem, mas consegui ver muitas possibilidades em Silvia.

E, principalmente, ela é muito original. Para fazer a Helena, eu já tinha chamado a Luciana, que é o tipo de atriz que chega e domina o ambiente. Luciana é uma mulher alta e bonita.

Sônia, seu contraponto, teria de ser uma atriz que não fosse inferior a Helena, no caso Luciana.

Quando Luciana aceitou, desliguei o telefone e mandei mensagem para Silvia. Combinamos num café. Ela disse que conhecia o texto, mas queria reler, de qualquer forma, já aceitou. Claro, atores e atrizes de teatro raramente falam não, eles precisam trabalhar. Aceitam e depois vão ver a agenda, e se aparecer um outro convite pelo caminho eles ou elas optam pelo que trará mais retorno, seja espiritual ou material.

Quando cheguei ao café, Silvia já estava numa mesa. O que foi até inusitado visto que sempre chego antes, num encontro ou reunião.

De perto, ela era muito sensual e, claro, bonita, mas como todo ser humano visto muito de perto vamos achando alguns defeitos e de repente me surgiu uma dúvida, será que ela é realmente a pessoa ideal para fazer a Sônia?

Falamos mais de nós do que do *Tio Vânia* propriamente dito. Ela era de Araraquara, no interior de São Paulo, e foi lá que começou a fazer teatro amador.

Veio para São Paulo com seu marido, um arquiteto, também de Araraquara.

Silvia foi uma ótima companhia aquela tarde, ficamos mais de três horas conversando. Ela era direta e engraçada.

Nos despedimos lá fora. Voltei para casa motivado. No dia seguinte, acordei feliz. Silvia não saía da minha cabeça. Suas risadas, suas tiradas e seu jeito apaixonado pela vida.

Agora, eu pensava mais nela do que no espetáculo propriamente dito. Queria que a montagem fosse um sucesso, não só por mim, mas por ela também.

Foi quando veio uma tristeza, me lembrei que era casada, e de que eu prometera a mim mesmo jamais me relacionar com a atriz com quem estou trabalhando. E vinha cumprindo essa promessa já há vinte anos.

③ A ATRIZ

Eu nunca estudei interpretação, sou aquilo que chamam de autodidata. Depois do colégio, tentei estudar psicologia, mas nunca avancei além do primeiro ano. No *Hamlet*, meu último trabalho, eu era a única menina, por assim dizer. Mas agora tínhamos Luciana Duprat, alta, linda e formada em teatro pela Unicamp.

Luciana tinha também feito já muitos trabalhos em cinema e televisão. Inclusive uma minissérie de sucesso, em que era coprotagonista. Não que fosse grandes coisas se comparada às estrelas do audiovisual, mas ali, entre aqueles atores de teatro, ela reinava. E, desde o primeiro dia, não foi com a minha cara.

Eu juro que tentei, fiz a minha melhor versão de amiga fofa, mas a famosa afinidade não bateu. Luciana queria brilhar naquele trabalho e não ser ofuscada por uma jovem atriz em ascensão.

É como se ela estivesse ali porque não havia um trabalho melhor no momento. Digo, um trabalho no cinema. Apesar de formada em teatro, deixou bem claro que preferia cinema e que nem frequentava teatro.

Junte-se a isso o fato de que nosso Astrov, João Paulo Martinez, se apaixonou de verdade por Luciana, talvez até mais do que seu personagem Astrov pela personagem dela, Helena. E ambos passaram a fazer um lobby com a produção e o diretor do espetáculo para me trocarem.

Alegavam que eu não tinha formação e não tinha experiência suficiente para o papel. Uma maneira de dizer que era ruim para um Tchekhov.

Não dava para saber o que André estava achando daquilo tudo. Até um dia em que cai na armadilha dela, Luciana, e gritei com ela no ensaio. A cena parou, André, muito sem jeito, pediu uma pausa para um café.

João Paulo correu a socorrer Luciana, mais irritada do que propriamente triste com a briga.

Eu fiquei arrasada, achei que era o meu fim. Já há dias não estava suportando aquilo. Luciana ficava me dirigindo, me corrigindo, implicando com tudo que eu fazia.

André, na volta da pausa do café, deu uma desculpa qualquer e disse que o ensaio por hoje estava terminado e que amanhã todos voltassem de cabeça fria para conversarmos e fazermos aquela peça.

Depois disso, saiu sozinho e com pressa.

Fui para casa. Nem sabia como contar aquilo para Fernando, meu marido. Ou para todas a pessoas para quem eu tinha dito que estava fazendo *Tio Vânia*.

Com certeza eu seria substituída, entre uma Luciana Duprat, queridinha da classe, da Unicamp, e eu, que a única coisa de grande na vida era ter feito um *Hamlet*, de teatro alternativo, é obvio que eu havia rodado.

A ligação de André veio mais cedo do que eu imaginava. Resolvi atender logo e terminar o sofrimento rápido. Mas para minha surpresa, minha absoluta surpresa, André me comunicou que Luciana Duprat estava fora do projeto.

Quando estava quase começando a chorar ele ainda me disse:

"E saiba Silvia que o elenco todo te apoia. Inclusive o JP Martinez, ninguém estava mais aguentando aquela mulher".

O teatro me pregava mais essa peça, do inferno fui ao paraíso em segundos. Uma confiança tomou conta de mim. Não era dessa vez que *Tio Vânia* iria naufragar. Outras tempestades agora poderiam vir. Silvia agora era forte, igual ao aço.

"Obrigado, André."

"Menina, obrigado a você por nos defender hoje no ensaio e resolver isso para a gente. Descanse e até amanhã".

No dia seguinte, eu seria Silvia Campos, a atriz que botou Luciana Duprat para correr. Estava tão aliviada, mal podia saber que Luciana armava uma vingança.

4 O DIRETOR

O que é afinal um personagem de teatro? Colocar um ator que tenha um tipo muito parecido com o que texto pede, que saiba dar as falas daquele personagem sem afetação e com verdade seria suficiente?

Ou é preciso outra coisa? Uma construção original que o ator dá ao personagem, a contribuição do ator para a obra.

Só que não podemos esquecer que teatro é um jogo, e um ator ou, no nosso caso, uma atriz, devolve o que jogaram a ele.

Eu estava angustiado com Silvia e Luciana em cena. Foi constrangedor não ter tomado providência antes da explosão de dor de Silvia naquele péssimo ensaio, quando ainda estávamos começando a levantar o espetáculo.

Não havia janelas na sala de ensaio. Estávamos sentados em cadeiras vendo Luciana e Silvia contracenarem. Foi de repente. Luciana ficava o tempo todo corrigindo Silvia, eu já havia alertado que só eu poderia dizer aos atores o que fazer, mas Luciana continuava e isso me irritou também.

Alguns atores demoram para entrar no personagem, algumas vezes só o fazem depois da estreia. Outros já entram na primeira leitura, mas passam meses de ensaios sem arriscar, amarrados naquela primeira proposta que deu certo. Não crescem nada durante os ensaios.

Luciana estava fazendo isso, ela achava que já estava pronta e queria agora apenas repetir as cenas para que cada vez mais ficassem orgânicas e aparecessem coisas durante as passagens de cena.

Já Silvia não, ela trazia novidades e experimentava muito todo dia, mas uma hora ela teria que se decidir e aquilo estava me deixando angustiado.

Uma atriz que já se achava pronta, não experimentava mais e considerava a colega inexperiente e ruim.

E outra atriz criativa, que experimentava demais e estava ficando de saco cheio do assédio moral da colega, até explodir.

Como eu sabia que aquele trabalho era tudo de mais importante para Silvia e que Luciana, além de não me respeitar como autoridade, estava no automático, não tive dúvidas e escolhi tirar Luciana.

Tomara que tenha acertado e não me arrependa. Eu já tinha uma atriz na manga para chamar no lugar de Luciana. E chamei a Rita, que aceitou na hora.

Um espetáculo que já estava sendo ensaiado e com data para estrear, claro que Rita aceitou.

Rita não era tão bonita quanto Luciana, mas muito disciplinada.

No final tudo deu certo, Rita e Silvia se deram bem.

E, inexplicavelmente, já no primeiro ensaio com as duas, encontramos a personagem Sônia!

"É isso, Silvinha! Você achou o tom, essa é a Sônia!"

Aquilo foi um alívio.

O Marcos Fentini ia cada vez melhor com seu maravilhoso Vânia.

Pude então respirar e, num sábado, após um ensaio de manhã, fui almoçar com Silvia. Ela quis saber o porquê de eu ter virado diretor. Acabei confessando que amaria ter continuado a ser ator, se é que já fui realmente um ator.

Antes, tinha tantas explicações para mim mesmo e outras mais bonitas para os outros. Mas eu mesmo não sabia.

Não sabia mais se eu gostava de ser diretor ou se fazia aquilo apenas para não ser solitário e ter uma ocupação que pagasse as contas, os boletos.

Tinha certeza de que eu amava ir ao teatro. E foi isso que percebi que tínhamos em comum, eu e Silvia. Ela também gostava de ir ao teatro e não só de fazer teatro.

Adorava ir principalmente aos finais de semana, porque durante a semana eu conseguia ter a desculpa de não precisar estar vivendo algo de emocionante e dando um sentido pra vida.

Naquele dia, tinha ingressos para assistir a um texto americano contemporâneo de uma diretora bem inventiva.

Mas acabei não chamando Silvia. Como eu disse, não me envolvo com quem trabalho. Ela teria amado. Naquele momento, eu não sabia ainda, mas Silvia e o marido haviam se divorciado. Talvez nem Rita soubesse.

À noite, acabei indo com Fentini. A peça era ótima, depois jantamos numa daquelas cantinas que apoiam os espetáculos e foi bom ficar ouvindo as histórias antigas do teatro que Fentini contava tão bem, desde lá dos anos oitenta.

Foi então que a porta se abriu e surgiram João Paulo e Rita. Com certeza estavam juntos, se pegando, mas eu e Fentini fingimos não perceber e fomos discretos. Evidentemente, acabaram se sentando em nossa mesa e contaram que haviam visto uma peça alternativa.

Pedimos mais uma garrafa vinho, sem saber direito quem teria dinheiro para pagar a extravagância.

Depois desse vinho, Rita me disse em voz baixa, enquanto os outros dois conversavam com outros artistas da classe, ali na cantina, que ela achou que Silvia gostava de mim.

Eu ouvi aquilo e continuei sério, Rita ficou desconfortável com o que havia dito. Fiquei comovido com Rita, e não queria que ela ficasse mal. Então bebi um gole de vinho e disse assim sem perceber:

"Eu é que sou apaixonado por ela."

Depois eu e Rita sorrimos e fizemos ainda um brinde.

Um brinde à Rússia! Ao Tchekhov! À Sônia, à Helena, Astrov e Vânia!

Um brinde à vida! Um brinde ao teatro!

⑤ A ATRIZ

Como você pode ver, tudo ia bem na nossa montagem do *Tio Vânia*, mas uma ótima notícia iria abalar toda a calmaria. Numa manhã de sol de uma terça-feira, recebi um telefonema da minha agente dizendo que eu havia sido aprovada para a segunda temporada de uma minissérie, que começaria a ser rodada imediatamente.

Eu havia deixado o apartamento para o Diego. Foi um término relativamente fácil, o Diego por mais descolado que fosse não era da classe teatral, e maridos de atrizes têm uma enorme dificuldade em aceitar a carreira das esposas. Vai por mim, é quente.

Demorei para entender, no começo, eu achava que era só a angústia dele por não vingar na carreira de arquiteto e estar trabalhando com reformas de espaços corporativos, que em nada demandavam criatividade. Logo ele que era apaixonado por história das artes e artes visuais.

Verdade que eu também não queria alguém perto de mim que não tivesse realizado os próprios sonhos. Já tinha cansado daquela história de precisar viver e não poder se dar ao luxo de ser artista e morrer de fome.

Antes que a relação seguisse por um caminho mais tenso, resolvemos terminar. Ainda tentamos uma despedida, uma última transa, mas não funcionou para nenhum dos dois. Por isso, quando saí, estava aliviada. Agora poderia arrumar um monte de caras para transar e curtir um pouco a vida de solteira.

Mas a verdade é que saí com um cara que também nunca tinha ido ao teatro e só falava de séries de televisão. Era um advogado. E bem agora eu recebia esse convite para fazer série de televisão.

Parece que o mundo não quer teatro, quer série de televisão.

Como poderia fazer teatro e ao mesmo tempo a série? Atores faziam isso até há pouco tempo, gravavam novelas durante a semana no Rio e, no fim de semana, vinham para São Paulo fazer teatro. Foi assim até uns dez anos atrás.

Eu tinha me mudado para a casa da Vanessa, uma amiga de infância de Araraquara, que tinha um quarto sobrando no apartamento, já que também havia se separado do namorado.

"E agora, Silvia? O que faço?"

Aprendi logo cedo que o trabalho da atriz é arrumar trabalho. Acontece que ninguém me ensinou o que fazer quando aparecem dois trabalhos na mesma data.

Será que ensinaram isso na Unicamp?

Eu realmente não sabia o que fazer. Tinha fingido para a minha agente que aceitava fazer a série, sim, claro que aceitava e iria explicar para a produção do espetáculo, eles iriam entender.

Agora eu tinha dois trabalhos, mas não estava feliz. Ah, se o André tivesse ficado com a Luciana e não comigo, tudo agora estaria resolvido.

Eu precisava almoçar e ir para o ensaio, mas não tinha a menor ideia do que fazer.

Ser ou não ser?

Estrear a peça e dizer não para a indústria? E se fosse aquela a chance da minha vida.

Ficar ou não com o Diego foi uma escolha tão fácil.

Almocei, comi até demais, peguei minhas coisas e segui para o ensaio. Eu não tinha a menor ideia do que fazer.

6 O DIRETOR

Foi um ensaio estranho, Silvinha estava diferente. Ao mesmo tempo que colocava muito conflito na personagem, parecia que Sônia, a personagem, estava longe, pensando em algo fora da cena.

Deixei rolar porque trouxe algumas novidades para cena. Mas sei muito bem agora que, se deixar, Silvia virá com uma novidade diferente todo dia, e precisávamos indicar para a Rita as antigas descobertas e marcas e não deixar a Rita refazer tudo o que já havíamos descoberto com a Luciana Duprat. Gosto de liberdade, mas nem tanto. Se não damos um basta, os atores vão mudando e perdendo o que de bom já tinham encontrado.

Ao final do ensaio, Silvia disse que precisava tomar um café comigo e conversar. Fomos a um lugar próximo, a pé.

Ela disse que precisava me contar algo que havia acontecido, algo muito sério, que não sabia como resolver e queria a minha opinião. Como achei que se tratava da separação do Diego e ela não conseguia começar a falar, eu ajudei:

"Acho que sei do se trata, já me contaram".

"Contaram o quê? Quem contou?", ela disse espantada.

Eu não quis dizer que havia sido a Rita, o que menos precisava era de atrizes se desentendendo.

"Ué, você já não contou para algumas pessoas do elenco? Da produção?"

"Mas se eu só fiquei sabendo disso hoje, André! E como você pode estar com essa calma toda, se isso diz tanto respeito a você quanto diz a mim? É a decisão talvez mais difícil da minha vida!"

Eu tentei explicar novamente que não tinha nada a ver com aquilo, que a separação dela era algo dela, e que se não influenciasse no trabalho, não tinha problema. E que eu, André, embora ficasse lisonjeado e feliz de saber que eu era um dos motivos da separação dela, desde que aquilo ficasse só entre nós, que parássemos de discutir a relação pessoal e voltássemos para a relação profissional, porque eu era uma pessoa séria.

"Embora também tenha uma queda por você, Silvia, vou te dizer a verdade. E a verdade é que te acho uma super atriz, e esse *Tio Vânia* vai ficar do caralho! E, por agora, gostaria de encerrar essa conversa. Olha, Silvinha, por mais que eu tenha atração por você, te chamei para trabalhar porque você é muito boa atriz. Por isso, não quero saber mais da sua vida particular. E se você quiser ficar com seu marido, fique. Eu é que não vou estragar um projeto de teatro lindo. Sou um diretor sério. Faço teatro por amor e não para ficar saindo com atrizes."

Ela riu muito de mim, parecia estar alegre e ao mesmo tempo com os olhos cheio de água. Engasgou-se tomando água. Finalmente, disse que eu não tinha ideia do que ela estava falando, e que aquilo era um total mal-entendido.

Depois me falou que faria a ligação mais difícil de sua vida e queria que eu ouvisse.

Fiquei bem desconfortável, achando que ela estava ligando para ex-marido, atual marido, que aliás nem conhecia. E qual não foi a minha surpresa quando ela começou a falar com uma agente e dizia que não iria fazer minissérie porque estava já ensaiando o *Tio Vânia*.

Depois, ainda teve que explicar para a tal agente que *Tio Vânia* era o nome da peça e não era tio de ninguém.

Por fim, para resumir, falou que gostava mesmo era de fazer teatro. E que estava ensaiando com um diretor de sonhos e um elenco maravilhoso e outros clichês, depois desligou.

"André escolhi você! Por favor não faça eu me arrepender disso. Acabei de dizer não para, talvez, a grande chance da minha vida".

"Não, Silvia. Você acabou de dizer sim para a grande chance da sua vida".

Olhamos um para o outro, ela apertou forte a minha mão. Não nos beijamos.

Depois ela disse:

"Tá. Vamos fazer essa travessia juntos, ninguém solta a mão de ninguém."

Nessas horas eu entendo que teatro é uma arte coletiva.

"Até amanhã, Silvia."

"Até amanhã, André."

Não fui para casa morrendo de vergonha de ter dito ser a fim dela. E nem curioso para saber se ela havia mesmo terminado com o marido. Fui é feliz de ela ter escolhido a mim e não a uma série de televisão.

Acho que Silvia sentiu o que pouquíssimas pessoas já sentiram, a oportunidade única de poder dizer não para algo que o mundo todo acredita que deveria dizer sim.

7 A ATRIZ

A rotina tinha voltado para os ensaios, eu feliz de ter escolhido ficar. Acordava, vez ou outra ia para academia, à tarde ia ensaiar e, à noite, voltava para casa, jantava, lia e assistia a filmes.

Certo dia, Diego quis me encontrar, fui de má vontade. Aparentemente ele não havia mudado nada. Me contou que tinha arrumado um projeto de uma casa de campo para um amigo de Araraquara, não era nada certo ainda, mas já tinha começado a fazer os estudos preliminares e estava entusiasmado. Me agradeceu por tê-lo tirado da zona de conforto e disse que, agora, estava entrando numa outra fase, que agora tinha maturidade para ser um arquiteto, estava fazendo um site e melhorando a sua página no Instagram.

Confesso que nada daquilo me interessava mais, nem o Diego, nem a vida dele e arquitetura menos ainda. Mas eu estava já há algum tempo sem transar, então não recusei o convite de irmos para nossa antiga casa e dormirmos juntos.

Acabou que não dormi, não foi um sexo ruim, eu e Diego nos dávamos muito bem na cama, afinal ninguém se casa se o sexo for ruim. Mas agora tinha certeza de que o Diego havia ficado para trás.

Como toda pessoa que era casada, eu tinha alguns *matchs* com quem não saí quando estava com Diego.

Felipe foi um desses que reapareceu. Soube que eu estava solteira, essas notícias voam. Eu o havia conhecido numa dessas festas da classe. Era bem galinha, se dizia ator, mas raramente estava atuando e, quando o fazia, eram produções bem alternativas que não pagavam. Fazia por amor à arte.

Pagava as contas mesmo sendo produtor de vídeos publicitários.

O ressentimento de não poder viver de teatro o fazia falar mal de quase todos da classe teatral. Ninguém escapava da sua maledicência. Eu ficava imaginando o que ele deveria falar de mim, por aí.

Bom, claro que acabei dando para o Felipe. Não foi ruim, também não foi melhor do que dar para o Diego. Mas era algo novo e eu ainda não estava de todo enjoada. Felipe tinha muito fogo, o que foi ótimo, me colocou em forma.

Um dia, no ensaio, o João Paulo me tocou e eu fiquei arrepiada. Quer saber? Chamei ele para bater texto em casa e acabamos transando. Não vi problema nenhum em transar com o João Paulo, afinal ele não era meu chefe, éramos ambos atores, logo, com a mesma autoridade. Ninguém assediou ninguém. E João Paulo não ficou pegajoso e nem nenhum de nós se apaixonou pelo outro.

Até que um dia uma menina chegou no final do ensaio. Era bem discreta. O elenco mal a notou. Mas eu sim. Ainda mais porque ela e o André foram embora juntos.

Aquilo me deixou muito encanada. Eu não tinha mais atração pelo André, se é que já tive. E estava transando loucamente com vários parceiros. Então, por que aquilo me deixou… enciumada?

Mais que enciumada, estava curiosa. Quem seria aquela menina? No dia seguinte ela não apareceu. Tentei disfarçadamente descobrir com a Rita quem ela era.

A Rita, ligeira, riu e confessou que também não sabia.

"Bonitinha, né? Quem será?" Ela disse.

Claro, acabei esquecendo. Fui para casa, mensagem do Felipe.

"Ok, venha. Mas você não vai dormir aqui". Escrevi no celular.

Dia seguinte, academia, almoço, ensaio e, novamente, no final do ensaio, bem discretamente na porta, quase invisível, ela, a menina, apareceu de novo.

E André e ela saíram juntos pela segunda vez.

Arrumei minhas coisas, para ir para casa. Liguei o celular, mensagens de Felipe, Diego e Marcelo. Sim, Marcelo. Esse era uma nova paquera que estava me mandando nudes. Um barman, que, para variar, também dizia que era ator e músico.

Para tirar André e a menina da cabeça, aceitei sair com o Marcelo. Fomos a um show de jazz no centro, de um amigo dele. Sim, transamos no final da noite.

Foi ótimo, mas a conversa não evoluía. Marcelo só queria falar de sexo. Era zero politizado e bebia muito, era barman. Me disse que barman que não bebe não presta, acho que tinha razão.

Um dia, andando pela rua, me ocorreu que eu era feliz. Muito feliz. Estava montando um Tchekhov, havia sido convidada para fazer uma minissérie e estava transando com caras bonitos e descolados.

Eu já estava até confundindo os corpos na cabeça, Marcelo era magro e sem barba, mas bem gatinho, já Felipe era sarado, alto e tinha barba, Diego, forte, quase careca, tatuagens. João Paulo era normal. O que é normal, Silvia? Ah, sei lá. Todos brancos. Mas aí veio a novidade e apareceu Tiago. Conheci ele numa festa da classe, que fui com a Rita. Tiago era preto retinto e dramaturgo.

Formado em filosofia na USP, sabia tudo de tudo. Não transamos de primeira, e demorou para encontrá-lo novamente. Minha agenda fora dos ensaios, como já narrei, estava bem cheia de compromissos.

Nessa segunda vez, Tiago me perguntou:

"Você conhece uma atriz chamada Luciana Duprat?"

"Claro." Respondi.

"Vocês são amigas?"

E daí para frente foi péssimo. Tiago, o meigo dramaturgo, trouxe todo o machismo do mundo na sua boca, queria saber se era verdade que eu havia transado com o diretor da peça para pegar o papel, que eu tinha feito com que André tirasse a Luciana do projeto e que eu saía com o ator da peça também, João Paulo, além de trair meu marido com a classe teatral toda.

"Quer saber Tiago? Não sei se você é gay, não me interessa descobrir e estou indo embora."

E fui embora. Cheguei em casa, tomei banho e não queria saber mais de homem nenhum. O que eu queria era amar e ser amada. E ter um filho também.

Não respondi mais às mensagens de ninguém. Deitei-me, chorei um pouco, depois levantei e fui comer chocolate. De madrugada já nem estava mais triste. Acho que era ressaca de tantos caras. Melhor ficar um tempinho quieta e focar nos ensaios.

8 O DIRETOR

Eu me lembro o dia em que ela nasceu. A Bel era a minha segunda sobrinha. Lembro de ter escrito no livro da maternidade que teoricamente eles dariam, minha irmã e meu cunhado, no futuro para ela ler.

É claro que esse livro deve ter sumido. Mas me lembro de ter dito, bem-vinda à cidade de São Paulo, não é o melhor lugar do mundo, mas é melhor do que muitos lugares.

Eu escolhi fazer teatro, logo, a melhor cidade do Brasil, talvez com o Rio, onde se consegue trabalhar com isso, é São Paulo. Nunca nem me ocorreu morar em outro lugar que não fosse São Paulo, eu sou diretor de teatro.

Para falar a verdade, nunca me preocupei com o que a família diria se eu escolhesse ser artista. E eles também nunca disseram nada. Não venho de uma família nem rica e nem pobre. Lembro de um professor na escola de teatro dizer que iríamos decair socialmente seguindo a profissão.

Sim, muita gente que começa teatro vindo da classe média acaba se tornando classe baixa. E nós, da classe teatral, sabemos que nossas famílias não se orgulham da gente, que eles têm uma certa dificuldade em explicar que somos artistas de teatro e não de televisão, e que não somos famosos.

Sempre tive a consciência de que meus familiares me acham um perdedor. Alguém que não deu certo, que não tem o respeito da sociedade e nem segurança econômica.

Falo tudo isso porque estranhei muito quando minha sobrinha disse que estava abandonando a faculdade de administração para ser atriz. E mais susto tomei quando ela, Bel, a mais tímida dos sobrinhos, me confessou que ia ao teatro regularmente e tinha uma turminha do cinema e do teatro.

E estava namorando com uma garota de circo, uma palhaça. Sim, Bel era até mais progressista do que eu. É como se a geração dela andasse uma casa a mais do que a minha, na nossa família de classe média quase alta.

Eu não estava sabendo lidar com a situação. Como eu podia ajudar a Bel? Já tinha dado aula de interpretação e achava todos os meus alunos medíocres; nenhum era artista. Alguns eram até muito sensíveis e também nem tenho certeza de quanto você precisa ser inteligente e artista para se dar bem sendo ator ou atriz. Existem muitos atores e atrizes que não são muito inteligentes e nem cultos. É um dom, um talento, inteligente aliás, todo mundo é. Uma pessoa destituída de inteligência é rara. E atores fazem coisas extraordinárias que, muitas vezes, não parece inteligência, mas é sim.

Resolvi levar Bel aos ensaios, foi aos poucos. Introduzi-a naquele mundo. Ter um tio advogado ajuda se a pessoa quiser ser advogada. E para ser advogado é preciso estudar numa faculdade. Agora para ser ator tudo depende muito da pessoa. "O ator se autocoroa, como Napoleão" já dizia um antigo diretor de teatro.

Subir no palco e fazer se aprende subindo no palco e fazendo. Atuar é antes de tudo algo físico que não se aprende em livros.

Estávamos, eu e Bel, nos aproximando bastante. É bom saber o que os jovens pensam.

Então tive a ideia de irmos para Juquehy na casa de praia de meus pais, avós de Bel. Convidei a Silvinha para ir junto com a gente. Ela havia me dito um dia que estava louca por uma praia. Apesar de inverno, a praia é uma delícia, o céu é mais azul nessa estação.

Numa sexta, Bel foi de mala pronta assistir ao ensaio e de lá fomos os quatro para praia. Eu, minha sobrinha, Clarinha a namorada dela, e Silvia, minha atriz e amiga. Amiga.

9 A ATRIZ

Eu adorei aquele fim de semana com a meninas e o André, na praia. De dia fomos à praia e rimos a tarde inteira. Cada um sendo mais cômico do que outro.

À noite aproveitamos para ir ao circo em Barra do Una, a praia ao lado. Era um circo desses pequenos que roda o Brasil, o Circo Roberval. Para a nossa sorte, além dos clássicos números do barril com fogo, mulher-macaco, luta livre, tinham os maravilhosos palhaços.

A tenda do circo estava montada num enorme gramado ao lado de um campo de futebol. Os artistas faziam de tudo: eram bilheteiros, vendiam pipoca e ajudavam o público a se sentarem. É tão bom se apresentar para uma plateia em que você não conhece ninguém.

Muitas vezes, no teatro tenho a impressão de que estamos nos apresentando para nós mesmos da classe.

Clarinha, a namorada de Bel, acho que foi quem mais gostou. Palhaços adoram o público popular, esse tipo não tem medo de passar ridículo, gritam, riem e interagem com tudo.

Foi nessa noite que André me confessou ter tido a ideia de mostrar os mujiques pedindo dinheiro em cena no *Tio Vânia*. O texto menciona os mujiques na fazenda de Sônia e Vânia pedindo comida para os empregados, mas nunca são vistos. Foi quando André teve a sutileza de fazer a ponte com o Brasil, e colocar os mujiques em cena. Contratamos apenas um casal, mas os atores, que não tinham falas, eram tão sérios e famintos, que é como se vislumbrassem que dali a vinte anos aconteceria a Revolução. Coisa que mesmo Tchekhov nunca chegou a ver, já que ele morreu em 1904, treze anos antes.

Na praia, tivemos a chance de nos pegar, eu e André. Mas não aconteceu.

Três semanas depois estreamos *Tio Vânia*. Não foi um sucesso, clássicos nunca são um sucesso. Mas fizemos. Eu e meu parceiro de trabalho, André Vitor.

Hoje, faço uma série de sucesso na televisão e já faz algum tempo que não tenho notícias do André, sei que ele começou a ensaiar uma peça do Nelson, não lembro qual. Acho que *Boca de Ouro*. Sim, gostaria de estar no elenco, mas a série que faço é sucesso, e meu contrato não me deixa fazer teatro.

10 O DIRETOR

A atriz que fazia *O Boca de Ouro* acabou me deixando na mão no começo das leituras. Claro que a minha primeira opção sempre foi a Silvia. E fiquei surpreso e feliz quando ela me disse que não iriam mais fazer a quarta temporada da série. Bastou uma piscada e ouvi dela um:

"Aceito!"

Pouco tempo depois havíamos fundado nosso grupo de teatro.

Agora, estamos levantando nosso primeiro Nelson. E passamos muito tempo juntos, às vezes, um dorme na casa do outro. Numa manhã dessas, Silvia estava de calça jeans e camiseta comprida, na mesa de jantar, no celular. Achei-a tão interessante. Me aproximei para tomar café junto dela. Estava frio, e ela me abraçou.

Este livro foi impresso na primavera de 2024